虹

周防　柳

集英社文庫

目次

虹

Sマート高校通り店

2014/5/5

5:00 p.m.

1

ガラス窓の向こうが、薄青い夕闇に染まりはじめている。

乱れた雑誌の顔を揃《そろ》えながら、時計を見る。

五時五分。

いつもなら学校帰りの高校生や中学生が押し寄せて混みあう時間だが、ゴールデンウィーク中とあって、つねのはんぶんの入りもない。それでも部活動のために登校したらしき子や、塾に行く途中の小学生などがちょいちょい立ち寄って、菓子パンやおにぎり、から揚げなど、片手で立ち食いできるファストフードを買っていく。

ドアが開くたびに、「らっしゃいませい」という、頭の一文字を呑《の》んだ啓太《けいた》の独得の声が響く。それにやや内気なアルバイトたちがでこぼこに応じて、いらっしゃいませ、

いらっしゃいませ、とやまびこのごとくになる。

店外の駐輪場には運動部らしき三人組がいて、ときおり鋭い歓声があがる。腕をこづいたり背中を叩《たた》いたりして、いかにも元気が余っている。みな坊主頭で大きなスポーツバッグを持っている。野球部かなにかか。公衆電話の脇には二人の女子高生がしゃがんで、支柱につながれた柴犬をかわいがっている。

歩道には点々とレンガのプランターが並んでいて、白いマーガレットの花が満開だ。その手ごろな高さに座っているのは、ベビーカーに幼児を乗せた母親二人。買いものの帰りに出会って無駄話に花を咲かせているといったていである。

通りには街路樹のカエデがきれいに葉を繁らせて、「カエデ通り」の名がある。しかし、看板に表示されたその名のとおりに呼ぶ人はおらず、みな「高校通り」と呼ぶ。

2

東京都の三多摩《さんたま》のまん中の、Kという街である。人口は七万四千人。中央線の特快の止まらぬ小さな市だが、国立大学や進学校が集まっている学園都市だから規模のわりには有名だ。長くシンボルだった三角屋根の駅舎は建て替えでなくなってしまったけれど、駅から南にまっすぐ延びる桜並木は健在で、五百メートルほど下った両側にH大学のキャンパスがある。ゆえにこの通りを「大学通り」という。

キャンパスが尽きると直交の交差点となり、左手に交番がある。その東西の通りが高校通りで、駅を背にして左向こうに都立のＫ高校、右向こうに私立のＴ学園がある。すなわち、「高校通り」とは「大学通り」に比したあだ名なのである。

ここコンビニＳマート高校通り店は交番を左に折れ、時計店、整体院、文具店、和菓子店と続く小さな商店街の並びにある。

メインの大通りからはずれた立地だが、大学や高校が近くにあるため安定した来客がある。駅前ではないので通りがかりのお客は少ない。学生と地元住民がほとんどだ。毎日来る子も少なくない。いまも店内店外に見覚えのある顔がいくつもある。

3

お客が少なければレジは一番しか開けないが、待ちの人がたまると、すかさず二番、三番と増やしていく。

一番の増田《ますだ》と並んで、二番のレジに立つ。

このとき並びをちゃんと見ていないと失敗する。お客は順番に敏感だ。抜かされると例外なく機嫌を悪くする。

「次の方、こちらへどうぞ」

確認してから二人目の女性客をうながし、目の前に置かれたかごに目を落とす。あまり出ないドッグフードのジャーキーが入っている。ああ、表の柴犬の飼い主さんか――、と思ったとたん、ミャウのごはん、とハッとした。流し台にのぼって開いていない猫缶のまわりをぐるぐるまわっている愛猫の姿を思い描く。頭のてっぺんと口の脇にぶちのある丸顔が、不満そうにうーと鳴いている。今日は家を出るときあわてていたから、餌を置いてくるのを忘れてしまった。ごめんね待ってて、と心の中で手を合わせる。

その次は常連の男性で、カップ酒二個と、するめゲソ一袋。毎度同じ買い物だ。それに、今日は三個入りの柏餅《かしわもち》。

あら珍しいと思うと同時に、ああやっと一つはけた、と思う。

暦の上の行事や新発売の企画などがあるとき、入口に近いところにワゴンを設けて特別に商品を置く。今日は五月五日のこどもの日なので、柏餅を積んである。が、売れないまま山になって残っている。すぐ隣に有名な和菓子店があり、さっき見たら女の子たちが店頭に出て道行く人にさかんに声をかけていた。専門店のほうがおいしいし値段はたいして変わらぬのだから、こちらでわざわざ買う人はいないだろうと思ったが、案の定だ。商品に敏感な啓太ではなく、ときどき読み違える店長が発注したのだろう。そういえば、親父《おやじ》は雛祭《ひなまつ》りのときも失敗してた、と啓太が渋い顔をしていたことがあった。

日付が変わるまでに売れるとよいが、よくてもあと一つかそこらだろう。ぜんぶ廃棄か。もったいない。

お客が切れて隣のレジを見ると、増田もそちらを向いていて、同じことを考えていたらしい。顔を見合わせて、なんとなくうなずきあった。

そのポジションのまま、増田に「坂井《さかい》さん、具合はもういいんですか」と訊《き》かれた。

このところ不眠症になっていて、生活のバランスが崩れている。がんばってなんとかもたせていたが、先週末の金曜日、ついに直前に電話して休んでしまった。薬を飲んで無理やり寝て、そのまま土曜も日曜もこんこんと眠りつづけた。コンビニは計画的なシフトで成り立っているから、とつぜん穴があくと補充もできずてんてこまいになる。

「ご迷惑をおかけしました」

頭を下げた。

人のよい増田はさして迷惑をかけられたとも思っていないらしく、いやいやと顔の前で手を振った。

もう一度、頭を下げた。

「ほんとに、すみません」

今日もさっきまで寝ていて飛び起き、あわてて着替えてやってきた。三日も誰とも会わず、テレビも見ず、食事もせず眠りつづけていたら、浮世離れして浦島太郎になる。

4

私がK市に移り住み、このSマート高校通り店に勤めはじめたのは三カ月前のことだ。いらい週五日勤めている。

勤務時間はおおむね夕方から深夜零時までで、六時間、もしくは七時間である。遅い時間帯を選んだのは、夜の勤務希望者が少ないから。それと、じゃっかん時給が高いため。ときにはもっと早くあがることもある。逆に、零時以降まで残ることもある。世のコンビニでは深夜の女性勤務を不可としているところもあるが、この店では働く側が希望すれば必ずしもNGではない。

駅から離れた立地なので、十時ごろを境に人気《ひとけ》はぱったりと絶える。だが危険はあまり感じない。治安のよい街だし、借りているマンションまで三分だ。店の数軒先の文具店と整体院の間の路地を左に入り、その次の路地をまた左に折れる。まるでここに勤めるために借りたような部屋――。

私はKというこの街が子供のときから好きだった。実家の八王子から電車で二十分とかからない。父親がH大学の出身だったからひいきにして、誕生日や、クリスマスや、知人の集まりのときにはわざわざここのレストランに食べにきた。春は薄紅の桜、秋はまっ黄のイチョウ。その樹々の下に広々としたサイクリングロードがあって、歩道の脇の緑地帯はどの季節も花でいっぱいだ。パンジー、チューリップ、ユキヤナギ、コデマリ、ツツジ、アジサイ、ヒマワリ、コスモス。路地を入れば骨董《こつとう》の店がある。雑貨の店がある。本を読みたくなる喫茶店がある。

駅から大学通りをまん中に挟んで、南西にF通り、南東にA通りが延びている。きっちりとした左右対称形になっており、ロータリーに立つたびに几帳面《きちようめん》な私は気分がよかった。F通りは真正面に富士山が見える。A通りを進むと歌で有名な多摩蘭坂《たまらんざか》がある。

大人になったら住んでみたいと思っていた。

もしここに家族とともに越してきたのだったら、どんなに楽しかったろう。家まで建てずとも、こぎれいな賃貸マンションでも探して新しい生活をスタートさせたのだったら、どんなによかったろう。

だが、そうではない。私は一人ぼっちだ。親も子も夫も友人もぜんぶ失って、うち捨てられて錆《さ》びたまち針。

大学と高校に挟まれた、小さなコンビニエンスストア。ここで働きはじめた理由は楽しいものではない。楽しいどころか吐き気のするような――。

最低のなりゆきによって好きな土地に住まねばならなくなったことを、いまさらのように悲しく思う。

第一章　痕

1

うとうとと眠りかけてハッとしたら、K市へ向かう車の中だった。

首都圏を東西に横切って山梨方面へ走る中央自動車道。やや渋滞している。まわりは箱型の貨物車ばかりだ。

前の車は九州ナンバーの大型トラック。「心配御無用」と背面ドアに筆文字で書いてある。ミラーに映るのは黒猫のマークの宅配便。左の車線をゆくのは引っ越しセンターの四トントラック。働きアリが荷物を運んでいる絵が見える。

「けっこう混んでるな。昨日の雪のせいか」

運転している男が、前を向いたまま独り言のようにつぶやく。

グレーの地味なジャンパーに野球帽をかぶり、眼鏡をかけている。辻《つじ》という。都内で個人の調査事務所をやっている。頬がやや深くこけ、目もくぼんでいるのでふけてみえるが、じっさいにはそれほどでもないのだろう。四十代の半ばくらいか。

ダッシュボードのデジタル時計が、「2014／02／15」という数字を示している。

ああ――、もう一年たったのだ、と思う。まるでそんな気がしない。一瞬である。三百六十五日の時間をまるごと盗まれてしまったような。

去年のお正月が終わってすぐだった。……お正月？　……去年の？　では、今年のお正月はどうしたんだろう。

今年のお正月もあったはずだが、どこかへ行ってしまった。気づかぬうちに通りすぎてしまったらしい。どこにも行かず、誰にも会わず、なにもしないうちに。そうだ。きっとなにもしなかったのだ。なにもしないうちに、いつの間にか終わったんだろう。

年月というのはもともと形のないものに無理やり数字をあてはめたものだ。時計がありカレンダーがあるから、数えられるもののような気がしているだけ。一個、二個、三個、と積みあげたりはずしたりできる積み木みたいに。逆に言えば、時計がなくなりカレンダーもなくなれば、日曜も月曜も火曜もなくなる。十二カ月もなくなり、春夏秋冬もなくなる。お盆もお正月もクリスマスも。昼も夜も。

時間のない暮らし。それが私のこの一年だった。霞《かすみ》のようにただ茫漠《ぼうばく》と漂っていた三百六十五日。

いま、どこだろう。さっき高井戸《たかいど》を過ぎたのではなかったか。調布《ちょうふ》あたりだろうか。

窓の外の景色を見やる。

あ──。

アルファベットの三文字が記された塔が見えた。競馬場だ。もう府中《ふちゅう》なのか。

ふと思い出す。

──右に見える競馬場。

──左はビール工場。

若いころ、よく聴いた歌。私と同じ八王子出身の女性歌手の曲だ。別れた夫と結婚する前、都内からこの高速道路で送ってもらうとき、お決まりのように流していた。いわゆるご当地ソングというやつ。

「いいかげん、マンネリやな」

「ほかに、ないんかい」

「晶子《しょうこ》、なんか探してよ」

でも、やっぱりこの曲だった。

「ま、ええか。大阪で毎っ回『悲しい色やね』聴くんとおなしことや」

関西出身の修司《しゅうじ》の言。

この道は……、ええと……。

──夜空へ続く滑走路。

だっけ。

滑走路？　そんなすてきなものじゃない。この道は夜空へ向かっているか。とんでもない。離陸？　などするものか。どんどん落ちていくじゃないか。むしろ――。

刑務所。

そうそう。この世でいちばんどん底の場所。

競馬場の向こうにあったはずだ。刑務所。やくざ映画とかで、おつとめご苦労様でしたなどと言って迎えにいくあれ。むしろそのほうが近い。

以前は思いも及ばぬ世界だったのに、いまはそんなに遠くもない。娘を死なせた男をそこへ送り込んでやりたいとか思っている。手かせ足かせをつけて一生つながれていればいい。いやだめ。あいつは未成年だもの。あ……そういえば、少年院の有名なのも、近くにあったのじゃなかったか。せめてそこに入れ。そんな不穏なことを考えている。

刑務所の時間とは――。

いったいどんなものなのだろう。

おそらくこれ以上にないというほど、規則正しいのだろう。小学校の時間割表のように予定どおりに進行する毎日。時計の針の、カチコチ、カチコチ。夜は夜。昼は昼。同じ時間に起き、同じ時間に食べ、同じ時間に体操し、同じ時間に寝る。午前中にやるべきことを午後にやることはなく、月曜にやるべきことを火曜にやることはない。時計に従って生きるというより、時計盤の上で生きる人生だ。カチコチ、カチコチ。時計の針が三百六十五日ぶん刻まれて、西暦の末尾の数字が一つ増える。

あの刑務所に、二〇一三年一月十日に入った人もいるんだろう。去年のお正月が終わってすぐ。

そして今日は――。

二〇一四年二月十五日。

彼らの三百六十五日と、私の三百六十五日と、どちらが長かったんだろう。

比較にならぬほど彼らのほうが長い、のか。いや比較にならぬほど私のほうが長い、のか。

似たようなものだ。なんの創造性もなく一ミリずつ進んでいく一分一秒の集積。拷問《ごうもん》のような人生。

でも、やめたのだ。そんな日々は。いや、やめると決めたのだ。

進まなければ。

2

午前中、辻といっしょにS橋を見た。足立区と荒川区の境界の、隅田川にかかる橋だ。

遠目には水上バスが下をくぐるのがやっとくらいの小さな橋に見えたのに、間近に来たら対岸をはるかに望む大きさで、欄干《らんかん》から川面《かわも》を見下ろすと目もくらむほど高かった。水の色は墨汁のようにまっ黒で、水深は四メートルもあるそうだった。ふと気づくと大きな棒材のようなものが水中を動いていて、なんだろうと目を凝らしたら、一メートル以上もあろう大ナマズだった。吐き気がした。

川岸はきれいに側道整備がなされており、橋の上からランドマークの東京スカイツリーが見えた。なにも知らぬ人には、たぶんうららかな川景色に映るのだろう。でも私には、ゾッと怖気《おぞけ》をふるう場所にしか思えなかった。

去年の一月十日の、午後七時四十分ごろ。

楓子《ふうこ》はここから身を投げた。

親子二人で正月休みを過ごして別れた数日後だった。

年末、いっしょに大掃除をして、スーパーに出かけ、山ほど食材を買い込み、おせち料理をつくった。元旦には近所のお不動さんに初詣して、手を合わせて願いごとをした。三日には立川の伊勢丹デパートに出かけ、セールになっていたブーツをお揃いで買った。六日にはモノレールに乗って近くの動物園に行った。そして、じゃあねと別れた。試験が終わったら帰ってくるよと笑顔だった。おかしなところはなかった。

なのに。

とつぜん死んでしまった。

遺書もなかった。一人で。なんにも言わないで。

泳げないのに。真冬の夜の冷たい川で。

大学三年生。二十歳《はたち》だった。

S橋は楓子が住んでいた千住《せんじゅ》のアパートの近くだった。歩いて十五分もかからない。

ああ、こんなことになるなら、あんなところに住まわせるのではなかった。

一、二年生の教養学部のうちは日野市の自宅から毎日駒場へ通っていたのだ。距離はあるが、最寄りの高幡不動《たかはたふどう》駅から京王線を一度乗り換えれば一時間ほどで着くから、さほど苦にもなっていなかった。しかし、三年生からの学部のキャンパスは本郷だ。「遠いなあ。もっと近いとこに住みたいなあ」。そんなふうに言いだして、一人暮らしを始めた。

賃料の安い土地を探して、下町に行きついた。北千住駅から大学最寄りの根津駅まで地下鉄で乗り換えなしの十分だ。近くに芸術大学と工科系の大学が二つあって、学生も多い。食べるところも飲むところもわんさとある。おしゃれでもなんでもないけど、なかなかいいとこだよと笑っていた。質実な子だから、そういう土地が性にあうのかと思った。

「お母さん、学費だけでもたいへんなんだから、家賃はいいよ。バイトするから」

すぐ近くのコンビニエンスストアで働きはじめた。

ときどき訪ねていった。狭い部屋をきちんとかたづけて几帳面に暮らしていた。うまく工夫するものだなと感心した。

荒川と隅田川が両方近い。「お散歩にいい」「サイクリングできる」「フリスビーもできる」「犬、ないしょで飼っちゃおうかな」

楽しそうだった。いままでも多摩川の支流の浅川《あさかわ》の近くに住んでいたから、川沿いの土地が好きなのかと思っていた。だが、そんな想像はまったくおめでたかった。

ああ、こんなことになるなら一人暮らしなどさせるのではなかった。バイトなどさせるのではなかった。私には楓子しかいなかったのに。あの子だけが生き甲斐《いがい》だったのに。

どうして奪われないといけなかったのだろう。いったいなんの罰なのだろう。私はどんな悪いことをしたのだろう。それに。

どうして事故じゃなくて、自殺なんだろう。

そもそも自殺って、なんなのだ。

自分にあきらめをつけることか。

自分を愛するのをやめることか。

それとも、誰かへの憎しみの表現か。

意味がよくわからない。

3

楓子はいままでに三度死んでいる。

一度目は出産のとき。へその緒が首に絡みつく臍帯巻絡《さいたいけんらく》のため、産道から出てくるとき仮死状態になった。

臍帯巻絡は胎児が活発に動くせいで起こるといわれ、珍しいことではない。あるいみでは赤ちゃんが元気な証拠であり、頭が覗《のぞ》いたときすぐにはずせばさほどの危険もないことが多い。事前の超音波検査《エコー》でわかっていたので、産科医もそのつもりで臨んだ。ところが、いざとなったら絡んだへその緒は一重ではなく三重で、しかも母体の私に力がなかったため分娩に思わぬ時間がかかり、帝王切開に切り換えるタイミングも逸して予想外の危機に陥ってしまったのだ。

あまりの苦しみに何度も気絶しそうになって、そのたびに看護師に「しっかりして、がんばって」と頬をビシバシ張られ、悪戦苦闘の末にようやっと出てきたと思ったら、産声がしない。異様な空気が漂って、だめだったのかと意識がなくなりかけたところで、ほわああ、ほわああ、と泣き声があがった。

医師によると、楓子は生まれたときすでに紫色になっていて、なかば絶望したという。

が、必死に蘇生を試みるうち、にわかに皮膚の色が明るく変わり、二、三度しゃっくりしたと思うや勢いよく泣きはじめた。分娩室じゅうが万歳三唱になった。

二度目は三歳のとき。お風呂で溺死《できし》しそうになった。

からだを洗ってやっていると、電話が鳴った。連絡を待っていた人がいたので、「楓ちゃん、いい？　じっとしててね、すぐ戻ってくるから」と、椅子に座らせて電話を受けにいった。そして、「あとでかけ直します」と戻ってきたら姿がなかった。アッと思ってバスタブを覗いたら、沈んでいた。入浴剤のおまけでついていた黄色いアヒルが浮いていた。退屈して湯の中を覗いて取ろうとしたのだ。

鼻と口から、すでに泡は出ていなかった。髪の毛が藻のようになびいて小さな顔を覆っていた。

それからあとのことはよく覚えていない。絶叫して引っぱりあげ、両脚をつかんで逆さ吊《づ》りにして思いきりお尻を叩いた――、ような気がする。そしたら、がはっとお湯を吐いて目を覚ましたのではなかったか。気がついたらマットの上でわんわん泣いている楓子を抱きしめて放心していた。心肺蘇生のやり方など、私は知らない。ちゃんとしたことができたはずがない。だが、楓子は生き返った。

三度目は小学一年生のとき。目の前で交通事故に遭った。

仲良しのお友達の家を二人で訪ねた帰りだった。脇道から大きな車道にぶつかる場所だった。少し迂回《うかい》すれば信号があったのに、道路をそのまま突っ切れば対面の路地にすぐ入れるので、つい横着な気持ちが湧いた。折しもトラックが左側に止まっていて、左から来る車が見えなかった。注意して渡らないと危ないな――、と思ったときには楓子はもう駆けだしていて、次の瞬間、まったく減速もせぬまま走ってきた大きなバンにスコーンとはねられた。

雲一つなく冴《さ》えわたった秋晴れの午後だった。深いふかい紺碧《こんぺき》の空に小さな人形のようなものが虹の形の放物線を描いた。空中のいちばん高いところでランドセルの蓋が開き、教科書やノートが紙吹雪のように舞い散った。残酷なメルヘン映画かなにかを、超遅回しで見ているようだった。

どのくらいそうしていただろう。おそらく一秒か二秒のことだろう。だが永遠の時間のようで、ハッとわれに返った瞬間、楓子は三十メートルも先に落下し、いったんバウンドしたのちさらに十メートルほど転がって停止した。

こけつまろびつ駆け寄ると、手も足もへんな方向にねじれていて、両まぶたがお岩さんのように青黒く腫れあがっていた。鼻血が出ていたが、それ以外には血はあまり流れていなかった。四肢がもげるのが恐ろしくて、さわることもできなかった。ああもうだめだ、楓ちゃん許して、お母さんが止められなかったからと、熱いアスファルトにへたり込んだ。

やがてバンの運転手が鬼の形相で走ってきて、こめかみに青筋を立ててがなりたてた。なにを言っているのか聞き取れなかったが、なんでこんなところから飛び出してくるんだと激怒していたように思う。運転手からすれば交差点という認識もない路地だ。注意のしようがなかったろう。

でも楓子は死ななかった。手足の骨折はどれも比較的早くくっつき、心配された脳挫傷も後遺症もなく快癒した。野球のホームランのようにあまりにも完璧に命中《ヒット》したので、かえって損傷が少なかったのだろうと医師は言った。

三度とも私のせいだった。三度とも私の目の前で起こった。だから、楓子が死んだら私も死のうと思った。

——大丈夫よ、楓ちゃん。

——お母さんもいっしょに行く。

楓子が悪いのではない。私が悪いのだ。こんな幼い子をたった一人であの世へなど行かせられない。

——さびしくないからね。

——お母さんもいっしょに行く。

4

いつごろからだろう。

楓子は自分が死にかけたという話題になるたびに、そのとき自分は見渡す限りの黄色い花畑にいたと言うようになった。花の先には川が流れていて、アーチ橋のような大きな虹がかかっていて、それはものすごく美しい風景で、花畑をかきわけて虹のほうに行こうとした。とたん、「楓子、楓子」と呼ぶ声が聞こえ、振り返ったら目が覚めた――と。

最初はおぼろげな記憶とどこかで聞いた話とがごっちゃになっているのだろうと思った。だがそのうちに、それは臨死体験というものではなかろうかと気がついた。楓子は天国の入口まで行って、ぎりぎりのところで引き返してきていたわけだ。

「ごめんね、お母さんが悪かった」

と謝ると、楓子はいつも、

「いいよ、だって楓子死なないもん。楓子が死ぬわけないじゃない」

と、胸を張った。

そして、唇を真一文字に引き結び、それに、と続けた。

「お母さんが死ぬことない」

ちょっと怒ったような顔だった。大人になったのちも、そういう場面になるとしばしば見せる顔であった。

「馬鹿ね、お母さん」

その体験と関係するのかどうか、楓子は菜の花が好きだった。

三年前の三月、一日バスツアーで房総《ぼうそう》の菜の花を見にいった。うららの春の日ざしの中に、輝くような黄金色の畑が続いていた。その向こうにまっ青な海が開けていて、白いかもめの群れが砕け散る波しぶきのように飛んでいた。潮のにおいのする風を胸いっぱいにかぎながら、花の上に大の字になった。

「お母さん、春の海ひねもすのたりのたりかな——って、知ってる？」

楓子が言った。

江戸時代の蕪村《ぶそん》という人の俳句だそうだ。のたりのたり、という語感がおもしろくて、ひとしきり笑った。

二人揃って、参加していた男の人に写真を撮ってもらった。

背の高い人だったのか、写真はこちらをやや俯角《ふかく》に見下ろしていて、正面を向いている私の肩に楓子が斜め後ろから抱きついている。まわした手にも黄色い花をいく輪か握っていて、明るい花色を映して若い笑顔が満開だ。

あまりにもよく撮れているので、2Lサイズに伸ばして額に入れ、キッチンの壁に飾った。命の塊みたいに笑っている楓子。何度も死の際まで行って、いつもちゃんと戻ってきた。

だから、その報《しら》せがきたときも、私は確信をもって否定した。

「いいえ、それは間違いです」

だって、あの子自身がそう言ったのだ。

——楓子死なないもん。

——楓子が死ぬわけないじゃない。

そう言ったのだ。死ぬなんて、そんな恐ろしいことがあるはずないでしょう。

ほうけたような頭でぐるぐるとなにかを考えながら、硬い受話器に向かって、「それは間違いなんです。うちの子は死なないんです」と、言いつづけた。

5

ぎい、と灰色の扉を押して中に入ると、中の空気も同じように灰色で、線香の煙がゆらゆらと立ちのぼっていた。電灯は三分の一くらいしかついていなくて暗く、扉にはまっている四角い磨《す》りガラスのほうが、むしろ明かりのようだった。

その灰色の部屋のまん中に手術台のような長い台があって、こんもりと白い覆いがかけられていた。

「確認してください」

刑事のしわがれた声が響いた。背の高い、半白の、痩せた刑事だった。

白い覆いの角が、ゆっくりと三角形にめくられた。

「お嬢さんに、間違いないですか」

楓子だった。

しかし、別人のようだった。

変わり果てた姿だった――からではない。むしろ、美しかった――からである。

「引き上げが早かったので、損傷はほとんどありません」

蠟《ろう》のように頰が白くて、まぶたを静かに閉じていて、くっきりと濃い弓形の眉と、それらをあらわにみせている丸いおでこと、まっすぐな黒い髪がそこにあった。眠っているだけのようだった。

それまでに楓子をきれいだなんて思ったことは一度もなかったのに、このとき初めてきれいだと思った。死んでいちばんきれいになるなんて、どんな皮肉だろう。

「お嬢さんに間違いないですか」

もう一度、訊かれた。

たしかに、楓子だ。しかし、「はい」と答えるのが誤りのような気がした。これは悪い夢であり、まじめに答えてはならぬ、答えたら夢が現実になってしまうと思った。目の前に横たわっている若い女性。楓子にそっくりだが、ほんとに楓子なのか。冗談でも夢でもなく本物なのか。そんな疑念が、刑事の手から布を奪い取らせた。

そのまま、おのれのほうにするするすると引いた。

白い全身があらわになった。

目が、釘《くぎ》づけになった。

びっくりするほど美しい裸体だった。

ぴったりとおわんを伏せたような乳房が正しく二つ並んでいて、左側のふくらみの下にほくろがあった。風呂で溺《おぼ》れた幼児のとき、両脚をつかんで振りまわした。あのとき心臓動けと念じながら見つめたそれが、いまは妖艶な目印になってそこに眠っていた。その下のあたりからすうっとたてに筋が入って、深いおへそにつながっている。そして、くっきりと図形のような逆三角形の陰がつくられて、二本の脚がすくすくと伸びている。豊かに肉づき、ぴっちりと引きしまった脚。杉の木のようにすくすくと。

楓子は顔は私に似たが、体型は夫に似た。上背があって、脚が長い。だから、ふだんはこれといった見栄えもしないのに、テニスウェアになると急に生き生きとしてみえた。

ああ、そうだった。忘れていた。楓子はプロポーションがよかったのだ。

いや——、違う。

忘れていたのではない。いつの間にか成長して、こんなにも驚くほど美しくなっていたのだ。そう言ったほうが正しい。

いや——、それも少し違う。

いま思えば、その光景自体が記憶違いだ。警察から連絡があって病院に駆けつけたとき、楓子は丈の短い手術着のようなものを着ていた。裸ではなかった。遺体を引き取ったあとの記憶と混同している。

しかし、まぶたを閉じるたびにあの霊安室の裸体が思い浮かぶ。立ちのぼる煙にゆらゆらと揺られながら横たわっていた白いからだ。そんな気がしてしかたがない。

なぜだろう。

それはたぶん——、あの痕のせいだ。

あのとき、楓子の遺体の痕について説明された。だから、裸のイメージが焼きついたのだ。

「お嬢さんの遺体には、少々不審な点があるのです」

と、刑事は言った。

まっ白で、なめらかで、杉の木のようにすくすくと伸びた楓子のからだ。そこには穏やかならぬ痕跡があった。両手首と片足首に、細い縄で縛ったような筋があったのだ。薄赤く、すっすっと、何条か。

心臓を直接、わしづかみにされた。

その三カ所を順々に指で示したのち、刑事はさらに恐ろしいことを言った。

「膣内に精液が残留していました。ごく軽微ですが、外陰部に裂傷も」

息が止まりそうになった。

縄の痕？　精液？　裂傷？

――なんなのだ、それは。

だったら強姦殺人ではないのか？　誰かに無理やり犯されて、川に投げ込まれたのではないのか？

するとと刑事はむしろさらりとした調子で否定した。

「いえ、自殺であることは、おそらく間違いないんです。お嬢さんが川に飛び込まれるところを見た人が何人もいる。いま調べています。それから、このように縛った痕はありますが、強姦かどうかはわかりません。そうかもしれないが、そうではないかもしれない」

――いったい、どういうこと？

「お嬢さんの携帯電話と手帳を見せていただきましたが、ほかにもパソコンとか、日記とか、お母さんのほうでも探してみてください。それから、お嬢さんの交友関係にさいきん変わったことがなかったか。気になることがあったらなんでも教えてください」

強姦ではない――って、じゃあ、合意のうえで誰かとセックスしたということか。そんな相手が楓子にいたのか。しかも縄の痕が残るようなことをする相手が？　あの楓子が？　そのあとみずから川に飛び込んだ？

わけがわからない。

なにも答えられずわなわなしていたら、布を握りしめていた手をほどかれた。目の前の死体がふたたび白くするりと覆われた。

6

――楓ちゃん、いい人いないの？

――いるんだったら、お母さんにも紹介してよ。

何度か訊いたことがあった。しかし、けしかけても楓子は乗ってこなかった。テニスの仲間とか、同級生とか、男友達は何人か知っている。でも、特別な人を紹介されたことはなかった。いや、一度だけあった。一年生のとき大学祭に行ったら、「サークルがいっしょの」とか、「クラスがいっしょの」とかいう形容詞抜きで、「H君です」と教えられた。あ、つきあっているのかしらとドキドキした。すっきりとした顔立ちの好青年に見えた。けれど数カ月後に「H君、元気?」と訊いたら、「あれは、だめ」と無下に言った。それ以上なんの説明もなかった。ああ、うまくいかなかったのかとがっかりした。

楓子はとくに快活ではないが、引っ込み思案ではない。むしろ、やると決めたことには正面から敢然と立ち向かっていく。勇猛な性格だ。しかし、こと恋愛に関しては話が違うようだった。そのうちに、何度もつつくと傷つくかもしれないと思って、その手の話題は避けるようになった。

が、あのお正月休み、久しぶりにちょっと水を向けてみた。

「楓ちゃん、お母さんにずっとつきあってくれなくていいのよ。初詣くらい、行きたい人と行ったら?」

すると、「そんなのない」と即座に否定した。逆に、「お母さんこそ私にずっとつきあってくれなくていいのよ。初詣くらい、行きたい人と行ったら?」と返された。あらと思った。まだけぶりもないのだと打ち切った。

でも、けぶりもないどころではなかったのだ。とんでもないことが進行していたのだ。まったく節穴だ。どうしようもない。

青天《せいてん》の霹靂《へきれき》はそれだけではなかった。楓子は妊娠していた。検死の尿検査でわかった。

まったく節穴だ。どうしようもない。

　だからといって、楓子に騙《だま》されていたとも、私は思わない。楓子のほうも騙している気などなかったろう。楓子は人を騙すとかあざむくとか、そういうことには縁のない子なのだ。いまどき珍しいくらいまっすぐなのだ。嘘《うそ》も嫌いなのだ。そうとうの理由があって黙っていたに違いない。

　楓子の謎の相手は——、まもなく判明した。

「R」という。

　同じコンビニのアルバイトの十八歳。楓子より二歳年下だった。

　楓子の手帳にバイトのシフト表がはさまっていたので、働いているコンビニのことはすぐ警察に知れた。加えて、楓子のスマートフォンのLINEに、自殺の数時間前に楓子からRに発したやりとりが残っていた。

「いま、どこ?」「家」「これから行っていい?」「うん、バイト出かけるまでいる」

　前日の夜にも、楓子からRへ電話の発信履歴があった。

　Rは前年秋に南千住に引っ越してきて、十月から同じ店で働いていた。全日制の普通高校を中退して、通信制高校に在籍中とのことだった。事情があって両親はいない。楓子のアパートとRのアパートは電車では一駅、自転車を使えば十五分の近さだった。

　——R?

——誰、それ？

見たこともない。聞いたこともない男だった。

知らないのは私だけではなかった。楓子の友人も知らなかった。「楓ちゃん、彼氏がいたの」と、みなが仰天した。コンビニの従業員も知らなかった。「二人はつきあってたんですか」と目を剝《む》いた。

そして、R本人は——。

警察に楓子の死のことを告げられるとしばし沈黙し、のち、こう言ったそうだ。

「彼女とは、去年の十一月ごろからつきあっていました」

「亡くなる前に、ぼくの家で会いました。夕方四時くらいだったと思います。彼女が来たいと言ってきたのです」

「縛ったのはぼくです。でも強姦ではありません。ときどきやっていました」

「おなかの子供のことは知りませんでした。ぼくの子だと思います」

楓子の自殺の理由について尋ねられると、こう答えた。

「わかりません。なにも言っていなかったし、とくに変わった様子もありませんでした。悩んでいることがあったのなら、相談してほしかった」

楓子は七時過ぎにRの部屋を去ったという。S橋はRのアパートと楓子のアパートの中ほどにある。七時四十分という自殺の時刻から推測して、自分の部屋には戻らず、橋のほうに行き、そのまま身を投げたらしかった。

いっぽう、Rは七時半ごろ勤務先のコンビニに出勤し、楓子が飛び降りた時刻にはレジに立っていた。

そして。

楓子の死に事件性はない、とされたのだった。

7

事件性——？

それは、いったいなんなのだろう。おかしな言葉だ。なにをもって事件といい、なにをもって事件ではないというのだろう。まがりなりにも一人の人間が、とつぜん理由もわからず死んだ。それは事件ではないのだろうか。

同じ立場に立ったら、誰もが思うだろう。

「お子さんは亡くなりました。でも、事件ではありません」

そう言われて、誰が「はい、そうですか」と受け入れられるだろう。

しかし、いかに納得できなくても、いかに釈然としなくても、たしかにそうとしか処理のしようのない一件なのであった。

まず、楓子が自殺であることは疑いようがなかった。

目撃者は多数いた。橋の上に二人。南詰のあたりと北詰のあたりに一人ずついて、橋の中ほどにたたずんでいる楓子に気がついた。

「まさか——、と思う間もなく欄干を乗り越えて、飛び込んでしまいました」

二人ともほぼ同じような証言をした。アッと思って駆けつけて下方を覗き込んだら、何度か浮いて沈んでを繰り返し、見えなくなった。橋の上にかばんと靴が残されていた。

その場にいたのは楓子一人で、まわりに人影はなかった。つまり、誰かに突き落とされたのでもなく、すでに死んでいるのを投げ込まれたのでもない。二人とも楓子がジーンズをはいた脚で柵をまたぐところをはっきりと見ていた。

Rはそのときコンビニで働いていたから、当然、Rが殺したのでもない。

S橋の両岸にはリバーサイドマンションが林立していて、川に面したバルコニーからは橋の上の様子を手に取るように見下ろせる。喫煙などのためにバルコニーに出ていて目撃した住民も三人いた。彼らも揃って「女性が一人で柵を乗り越え、川に飛び込んだ」と証言した。聞き込みの範囲を広げたら、目撃者はもっといたかもしれない。

検死の所見でも、死因が溺死であることはあきらかだった。尿検査や血液検査も行ったが、アルコールも薬物も検出されなかった。すなわち、酒やドラッグの影響を受けていたわけでもない。

では、楓子の死がふつうの自殺であったとして、あの痕は――？　あの不可解な束縛の痕はどうなるのだろう。

やったのは、本人も認めているとおりRである。それは犯罪的な行為ではないのだろうか。楓子は無理やり暴力に従わされたのではないのだろうか。

ところが、そうと断定する根拠も薄かった。

たしかにその痕跡は不審であった。けれども、それ以外の部分は無傷に近かった。きれいすぎるくらいだった。

強姦の被害者のからだには、おうおうにして抵抗によるあざや傷が多数できるという。しかし、楓子にはそれがなかった。衣服の破れやボタンの引きちぎれなどの形跡もなかった。つまり、あまり抗《あらが》わずに縛られたことを意味している。

LINEの記録からしても二人が数カ月交際していたことは事実であり、当日も楓子のほうから「いま、どこ?」「これから行っていい?」と連絡していた。ということは、無理やりRの部屋に連れ込まれたわけでもない。パソコンやデジカメなどの遺品からも、楓子がRから脅迫やいやがらせを受けていた形跡は発見されなかった。

刑事は言った。

「だからといって、お嬢さんが好んでそういう行為をしたとも言いきれません。意にそまぬことだったかもしれない。言葉による脅しのようなものが、そのときあったのかもしれない。しかし、それを証明するのは不可能に近いのです。それに、お嬢さん本人が亡くなられている以上、万一強姦であったとしても強姦罪に問うことは難しい」

強姦は親告罪《しんこくざい》といって、基本的に本人が訴えを起こさなければ始まらない。遺族が死んだ本人に代わって訴えることもできなくはないが、どのような状況でなにが行われたかを調べることはもはや不可能だ。ゆえに、私がRを告訴しても嫌疑不十分で不起訴になることは目に見えているそうだった。

刑事は苦衷《くちゆう》の表情をつくった。

「われわれも正直言って釈然としないところはあります。しかし、この件をこれ以上追うことは無理と思われます」

では、おなかの子は？　妊娠のことはどうなる？

それも、むなしかった。R自身がすでに自分の子だろうと認めている。それだけのことだ。男が女を妊娠させたこと自体を罰する法律はない。

楓子の健康保険証に産婦人科の受診記録はなかった。ということは、本人が自覚していたかどうかもわからない。若いうちは月経が不安定になりがちだから、気づいていなかった可能性も大いにある。

要するに、もろもろの点から見渡して、事件性はないのだった。

それ以上の議論は不毛だった。

私にとっては楓子の「死の理由」が問題であった。だが、刑法は楓子の「死因」を問題にしていた。「死の理由」と「死因」は同じではない。死因がすなわち事件性とやらのすべてであるとするならば、それで終わりである。それ以上、誰にも、なんにも、問うことはない。

——そんな……、バカな。

憤懣《ふんまん》の持っていき場がなかった。

こんな中途はんぱな状態の中に、私は一人で投げ出されるのか。投げ出されるしかないのか。この世でたった一つのだいじな宝物を奪われたというのに。こんな理不尽があっていいのか。

わあぁ！　っと絶叫したかった。

その思いの上に、刑事が言葉を重ねた。

「Rのことは、もちろん重要です。しかし、必ずしもそれだけに原因があるとも言いきれません。遺書はなかったのです」

打たれたような気がした。

「友人関係のトラブルなども考えられますし、学業や進路に悩みがあったのかもしれない。若い女性はわれわれが思っている以上に容姿のことなども気にされます。それに――」

一瞬、口をつぐんだ。

「お二人だけのご家庭で、いろいろ事情もおありなのではないですか」

痛いところを突かれた。

篤実《とくじつ》そうな刑事だった。いやみを言ったわけではないだろう。しかし、急に敵側の地平に立たれた気がした。

ひとこともなかった。

8

「大丈夫か」

運転席の探偵が訊いた。

「気分悪かったら言って」

ええ、とうなずいた。

一つ深呼吸した。そろそろ目的地だろうか。頭を少し下げてフロントガラスから前方を見通したら、ピリ、と小さな電子音がして、メールが一通来た。

楓子の幼なじみの奈々子《ななこ》だった。

「おばちゃん、元気ですか。また落ち込んでるんじゃないかと心配してます。なにかご用があったら言ってね。奈々子」

事件のあと、楓子の遺品を徹底的に調べる必要があった。しかし、自分でそれをやるのはつらすぎた。私は電子機器は苦手だ。操作の仕方もよくわからない。そこで、奈々子に頼んだ。

奈々子の手がかり探しは一カ月ほどで終わった。が、それからのちも心配して、ときどきこうしてメールをくれる。楓子の死後一年以上たって、細々ながらもつきあいが続いているのは奈々子だけだ。

奈々子と楓子の学校がいっしょだったのは小学校の途中までで、あとは別々だった。楓子と違ってあまり勉強が得意でない奈々子は、大学には行かず美容学校に入った。それでも二人は仲がよくて、ずっと互いの家を行き来していた。奈々子がほやほやの美容師になってからは、楓子は実験台になりに奈々子の店へしばしば通っていた。とくにうまくもなく、似合っているとも思わなかったが、化粧もせずおしゃれにも関心のない楓子はどうとも気にしないようだった。

泣き虫でやや気の弱い奈々子は、幼いころから「楓ちゃん、楓ちゃん」と金魚のふんのように楓子のあとをついてまわり、恐いことがあるたびに楓子にかばってもらっていた。そのせいか、同齢でも楓子が姉、奈々子が妹、あるいは楓子が親分、奈々子が子分のようだった。

楓子がRとつきあっていたことは、奈々子も知らなかった。いちばん親しかっただけに、なんでなにも言ってくれなかったんだろうと号泣していた。ぜったい手がかりを見つけてやるとむきになって、スマホ、パソコン、デジカメ、手帳、ノート、録音機器、ブログやツイッター、本棚、机の引き出し、クローゼットの洋服、アクセサリー、化粧品類までひっくり返していた。

そのうちに、奈々子は楓子の教科書類の中から高校の英語と数学の学習参考書を見つけた。

「これ、すごく最近のだよ。新しい版だし、途中までしか使ってない。彼は通信制高校だったんでしょ。楓ちゃん、家庭教師してあげてたんじゃない？　ほら、書き込みがずいぶんある」

家庭教師か――。それならば納得がいく。楓子は家庭教師が得意で、過去に何件かアルバイトして評判がよかった。それが二人のなれそめだったのかもしれない。

だが、それ以外の手がかりはけっきょく見つけることはできなかった。

確認できたのはＬＩＮＥのトークと、なにをしゃべったのかわからぬ数件の通話履歴だけ。

9

ＬＩＮＥのトークは二〇一二年の十一月十五日から二〇一三年の一月十日まで、週に二回程度、やりとりされていた。一回あたりの会話は六〜十吹き出しくらい。

いっとう最初は、

「今日はありがと」

「おいしかったね」

「多かった」

「安かった」

「じゃ、あした」

「おやすみ」

である。

いっしょに夕飯でも食べたのだろうか。

会話はおおむね短く、ぱっと見たところでは軽めの内容が多い。

「あした、三時ね」

「了解」

「西口？　東口？」

「中央口」

「雨だって。傘必携」

「うざ」

「やめとく？」

「やめない」

とか。どこかへいっしょに行くのだろうか。

あるいは、

「どうだった？」

「マネジャー、怒ってた」

「うまく言っとくから」

「Thank you」

「こんど月曜？」

「うん」

とか。バイトのトラブルかなにかか。

あるいは、

「あぶなかったね」

「ほんと」

「ちょー緊張した」

「だね」

「わざとでしょ」

「ちがうよ」

「いじわるー」

とか。なにか失敗でもあったのだろうか。

ところどころに顔文字やスタンプが入っている。

なかには毎日長々と濃厚なやりとりをするカップルもいるらしいので、淡々としているほうだろう。「好き」とか「嫌い」とか、「つきあう」とか「別れる」とか、核心に迫るような文言もほとんど見られない。熱烈な恋愛関係のようではない。友達以上恋人未満といったところか。

しかし、なかには深夜一時に、

「さびしい。きて」

「眠れない」

とか、

「じゃいく」

などと、親密な感じのものもいくつかある。

10

両親がいない、高校を中退しているといった事情はあるものの、Rには犯罪歴はないそうだった。いわゆる非行少年ではないのだろう。

だからといって平凡な若者とも、私には思えなかった。楓子が死んだと知っても、線香一つあげにこなかった。交際相手に対してそんな無情な態度があるだろうか。

来いと思っていたわけではない。土下座させたかったわけでもない。でも、つきあっていたのなら、それなりの挨拶をしにくるのが常識というものではないか。当たり前に相手の死を悼《いた》み、手を合わせて涙を流すものではないか。ましてや妊娠のことを警察から聞かされているのだ。にもかかわらず姿を現さないなんて、やはりまともな神経とは思えない。

いや――、そういうものでもないのか。

顔を出せばどうしても謝罪せねばならぬ雰囲気になるだろう。しかし、謝らなければならぬようなことは自分はしていないと思う。赤ん坊だって自分の子であるという確証はない。なのに、うっかり謝罪めいたことを言ったら、いろんな非を全面的に認めることになってしまう。だから、遺族などにはうかつに接触せぬほうが悧巧《りこう》だという判断だったのかもしれない。

では、こちらから押しかけていったらよかったのか？　楓子とはどういうつきあいだったのですか、なんで縛ったりしたのですかと問いただしたらよかったか。

いや——、それもごめんだ。想像するだにぞっとする。

警察への答え方にも、どこか狡猾《こうかつ》なにおいがする。「悩んでいることがあったのなら、相談してほしかった」などというせりふも気にいらない。矛盾している。そんな言葉をもう一度聞かされるだけなら、わざわざ会う意味もない。

徹底的に問いつめたくもあった。しかし、顔を見るのも声を聞くのもいやで、ぜったいいに会いたくないというのも本音であった。

車外の風景をちら、と見て、一つ息をついた。奈々子からのメールをもう一度読んだ。

奈々子の顔も久しく見ていない。どうしているだろう。

「奈々ちゃん、ありがとう。お仕事が忙しくないときにまた来てください」

と、入力した。

文面を確認して送信しながら、そういえば——、と思い出した。

奈々子が楓子のスマホを調べているとき、急に手を止めて、「おばちゃん、これ見て」と言ったことがあった。写真アルバムの中の一枚だった。それは年末年始に写した何十枚かの写真の前にぽつんとあり、楓子自身が写っていた。日付は二〇一二年十二月三日。

「なんだか別人みたいじゃない？」

奈々子は画面に触れ、いっぱいに拡大した。

薄いグリーンの布のようなものの前に、楓子が膝を抱いた姿勢で座っていた。上目づかいに、ややはにかんだような笑顔でこちらを見つめている。瞳が輝いていて、頬がぽっとばら色に上気していて、ほんのりと夢を見ているようだった。

「かわいいね」

本当だった。頑固者の楓子がめったに見せることのない表情だった。

「そうね。でも、これがなあに？」

すると、奈々子は精いっぱいに推理をめぐらせる眼《まなこ》になった。

「楓ちゃんは性格的に自分撮りはしない人だと思う。これ、彼が撮ったんじゃないかな」

ハッとした。

自分撮りはしないにしても、Rが撮ったという証拠はなにもない。サークルかゼミの友達が撮ったのかもしれない。しかし、そう言われるとそうかもしれないと思った。

楓子のはにかんだ笑顔をまぶたに描きながら、メールの画面を消し、かばんにしまった。

——別人みたい。

——かわいいね。

奈々子の声がまた耳の奥によみがえった。

11

人は愛する者に死なれたとき、いくつかの段階を経て心理が変化していくという。精神科の待合室で読んだ雑誌に書いてあった。

第一段階は「茫然《ぼうぜん》」だそうだ。自分の身に起こったことが理解できず、地に足のつかないような日々がしばらく続く。

第二段階は「悲嘆」だという。じわじわと現実が認識されて、悲しみがリアルに襲いかかってくる。

第三段階は人によって分かれ、ある人は「絶望」にいくという。生きる気力がなくなり、最悪の場合、故人の跡を追ってしまう。

私はまさにそのとおりの経過をたどった。

事件から当分は実感がまるでわかず、楓子は出かけているだけで、夕方になれば「ただいま」と帰ってくるのだという気分だった。そんな素っ頓狂な心の半面、自分をきびしく追いたてて、機械的にいろいろの段取りをこなした。役所への届け、葬儀、香典返し、大学の手続き、賃貸アパートの解約や撤収、生命保険や、銀行口座のこと。

ノートをつくってやるべきことを書き出し、レ点を打って片端からかたづけていった。無理やり自分に仕事を与え、認めたくない事実から目をそらそうとしていたのだと思う。

二カ月ほどしてそのレ点がすべて埋まったとき、猛然たる悲しみが襲ってきた。なにをやっても泣け、なにを見ても泣け、目玉が溶けて流れそうだった。その期間がやはり二カ月くらいあった。写真や思い出の品は見るのがつらいから、楓子の部屋にまとめて押し込み、封印した。

それも過ぎたあと、とほうもない虚脱感がきた。からだにまったく力が入らず、クラゲのように芯がなくなった。寝床から起きあがれなくなった。うつ、不眠、自律神経失調。もともと弱い胃腸もやられた。胃潰瘍《いかいよう》、十二指腸潰瘍、過敏性大腸炎。全身ががたがたになった。数カ月で体重が十キロ近く減った。

勤務先には、楓子が死んだときとりあえず三カ月の休職を頼んでいた。が、一カ月、また一カ月と延長し、三度目の期限が来たとき、「どうしますか」と強く問われた。進退を迫られていた。

こちらがあいまいに返事を続ければ、会社側は人員の補充ができず、まわりの者が少しずつあいている穴をカバーせねばならない。勤め人としてそんな甘えが許されるのは、せいぜい数カ月だ。それ以上迷惑をかけるわけにいかなかった。

辞職願を出した。どうやっても寝床から起きあがれそうになかったから、しかたがなかった。

仕事を手放したとき、完全に社会から切り離されたと思った。楓子を通じて社会につながっていた糸と、自分が直接社会につながっていた糸の両方が切れた。宇宙の片隅にうち捨てられた一個の石ころになった。この先どうしたらいいのだろうという不安も起こったが、だからといって代案を考える気力もなかった。

誰にも会わず、誰ともしゃべらず、どこにも出かけない日々が続いた。訪問のチャイムが鳴っても応じず、手紙の返事も書かず、メールの返信もせず、電話にも出ず、新聞も読まず、テレビも見なかった。人に会わないから着替えもせず、お風呂にも入らなくなった。死ななかったところをみるとなにか食べていたのだろうが、なにを食べて生きていたのかまるで覚えていない。忘れなかった日課は猫に餌をやることだけだった。

奈々子だけがときおりやってきて、幽霊のようにぼうぼうに伸びた髪を散髪してくれた。首に風呂敷を巻いて鋏《はさみ》を入れながら、おばちゃんの髪はまっすぐでまっ黒で、楓ちゃんと同じだと言って泣いた。

それまでの人生においても、毎日が楽しかったわけではない。が、毎日をふつうに生きているというだけで生きる意欲がみなぎっていたのだと知った。

睡眠薬を飲んで、無理やり寝てしまう。眠りの中だけに救いを求める日々が一年続いた。味も音もにおいもしない世界の底に、ひたすら横たわりつづけた。

12

薬でもうろうとした頭を枕につけるたびに、楓子が死ぬ前のいろいろの情景が浮かんだ。

どうしてだろう。

なぜなんだろう。

年末年始、あんなに楽しかったのに。

いつものように、おせち料理をものすごく熱中してつくっていた。楓子は料理が好きだった。もともと図画や工作が得意だったから、その延長でもあったのだろう。高校生までは手伝う程度だったのに、大学に入ると「お母さんは座ってて」と完全に主導権を握るようになり、まる二日かけて煮〆《にしめ》や黒豆や栗きんとんをつくった。豆なんか買ったらと言っても、一年に一度だもんと耳を貸さなかった。

楓子は凝り性だ。まず包丁を研ぐことから始め、野菜の一つひとつを飾り切りする。

あのときも花形のれんこんをつくっていた。巾着形の慈姑《くわい》をつくっていた。ねじ梅のにんじんをつくっていた。大根の桂むきをしていた。仕切りにするハランを切っていた。スライサーや電動調理器などは使わない。まな板と包丁一本だけ。だから、包丁はキンキンによく切れなければならない。無我の境地になって料理をしていると、すごく頭が冴えるそうだった。

　熱中すると無口になる。ひたすら料理に没入していた。そして、「つくりすぎちゃった」と山ほどの煮〆となますの前で笑っていた。

　料理をしながら考えたのだろうか、年が明けたら、「お母さん、私、アフリカに行きたい」と、言いだした。

「青年海外協力隊とかあるでしょう。私、部屋にこもって論文書いてるより、外でボランティアのようなことをするほうが性にあってる気がする」

　楓子は本が好きで、幼児のころから本を与えると口もきかずに読みふけっていた。その感じが中学、高校に入っても続いて、さしたる疑問もなく文学部に入った。しかし、入った場所は予想と違って空中戦的な議論ばかりで、実《じつ》を求める楓子の好みとは少し違ったようだった。楓子は文学好きだが、けっして抽象思考ではない。室内散歩者でもない。

　そんななか、東日本大震災で飼い主を失った犬猫を救う仕事を手伝うようになった。

ボランティアの世界に足がかりができたら、そういう血の通った空気のほうがなじみがよいらしかった。

大学二年の春休みにセネガルに旅行に行ったことも大きかったようだ。成人式のために振袖のお金を積み立てていたのに、

「着物なんていい。どうせ似合わないもん。それよりせっかく貯《た》めてくれたんだったら旅行していい？　私バオバブの木が見たい」

と、友達と二人で出かけていった。そのときの感動が残っていたのかもしれない。

「私、からだ丈夫だし、語学も苦手じゃないし。そういうところに自分の場所があるような気がする。私が遠くへ行ったら、お母さん、さびしい？」

留学する気なのか、休学する気なのか、どこまで本気なのかわからなかった。でも、現状に倦《う》んでいるらしいのが気になっていたので、関心の向くものが見つかってよかったと思った。

「ううん。楓子がやりたいことをやればいいわ。お母さん、訪ねていくもの。海外旅行楽しみだな」

「ほんと？」

「ほんとよ」

そう言って、笑いあったのに。

夢がいっぱい出てきたのだと、うれしかったのに。

三箇日が明けたら、「お母さん、動物園行こう」と言いだした。私も楓子も動物が好きだ。動物を眺めていると、些細《ささい》なできごとはどうでもよくなる。多少憂鬱なことがあっても園内を歩きまわっているうちに元気になっている。だから、昔から楓子と二人でどこかへ行こうと行き先を探すとき、まっ先に思いつくのが動物園なのだった。

楓子が自宅にいたころは半年に一度くらいのペースでいっしょに訪ねていたが、一人暮らしを始めてからはご無沙汰していた。久しぶりだった。

「キキとモモコに会おう。元気かな」

友達の家に遊びにいくみたいに目が輝いていた。

チンパンジー、オランウータン、ニホンザル、テナガザル。楓子は猿が好きだった。

「いいなあ」

熱心に見入っていた。

「天然だねえ」

「マイペースだよねえ」

問題があるようには見えなかった。それが、どうして――。

刑事は自殺の理由はRのこと以外にも可能性はあると言った。でも、家庭や学業に理由があったとはどうしても思えない。

では、妊娠のことだろうか？　市販のテスターなどで調べていたのか。しかし、そのわりには暗くもなかった。それに、妊娠したというだけでいきなりあんなひどい死に方をするだろうか。

いろいろなことが、うまく結びつかない。

三度死んでも死ななかった楓子なのに。天国まで行かないで、虹を渡らないでいつも引き返してきていたのに。

――楓子が死ぬわけないいじゃない。

――馬鹿ね、お母さん。

と、怒ったように言っていたのに。

13

いま、何時だろう？

ダッシュボードの時計を見ると――、二時十五分。

辻がまた、

「大丈夫か」

と、訊いた。

うなずいた。

少しのぼせているようだ。一年も薬漬けになっていたから疲れやすい。薬が切れると憂鬱になる。ときならぬときに眠くなる。こんな廃人みたいな暮らしは、もうやめにせねば。

暖房がききすぎているのだろうか。息苦しい。窓を少し開けた。とたん、ゾッとするほど冷たい風が吹き込んできた。冬のにおいがする。ドライアイスが昇華《しょうか》するときのにおい。雪雲のにおい。四角い車内に見えない圧力が充満する。

さっき見た川――。大きな川だった。巨大な運河のようだった。岸辺に雑草がたくさん繁っていて、ごろごろした石の合間を清流が縫っている浅川のような川とはぜんぜん違った。底知れぬ深みの中を大きなナマズがぐたりとうねった。あのぞっとするような水の色。

川に飛び込むってどんな気持ちなのだろう。

楓子はなにを考えたんだろう。恐くなかったのだろうか。

恐くなかったはずがない。いや、恐怖の心すら麻痺していたのだろうか。そうかもしれない。かなづちなのに飛び込んだのだから。

厳寒の一月の夜だ。水は凍るように冷たかったろう。一瞬にして心臓麻痺で死ぬ可能性もあった。でも、死はすぐにはやってこなかった。刑事が言っていた。心臓麻痺ではなく肺が水でいっぱいになって窒息したのだと。心肺蘇生をほどこしているときに鼻や口からまっ白な泡が出てくるからわかるのだという。ということは、息絶えるまでの何分か、楓子はあのまっ黒な水を飲んでもがきつづけたわけだ。

どんなに苦しかっただろう。

私を呼ばなかったろうか。

呼んだに違いない。

――お母さん！

――助けて！

なんということだ。

いつか映画を見たことがあった。ダイバーが海に潜っていくと、重油のような気味の悪い泡沫《ほうまつ》がぶわぶわとせりあがってきて、その中から溺死者の顔が現れる。その青白い亡者に取り憑《と》かれて海の底に引きずり込まれそうになる。

なんて恐ろしいのだろう。そんな思いを楓子もしたのだ。真冬の暗い水の底で。

――お母さん！

――助けて！

耳をふさいで、首を振った。

辻が怪訝《けげん》な顔をしてこちらを見た。

なんでもない、と合図を返す。

そういえば、高いところから飛び降りると、着地するまでの間に一生ぶんの思い出がよみがえると聞いたことがある。どんどん落下していく。でも地面がいつまでも近づかない。その間《かん》にいろんなことを考える。小説だったか。ルポルタージュだったか。そんな話がどこかにあったじゃないか。

窓から吹き込む風が顔を打つ。心なしか車体が右のほうにあおられている。そうか、向かい風にあおられているから、なかなか落ちないのか。

水底の亡霊につかまれ、引きずり込まれた楓子。

落ちそうで、なかなか落ちないのが、私。

そういう中途はんぱな状態をなんというのだったか。えっと……生殺《なまごろ》し？　そうだ。生殺し。死刑囚がそうだろう。いつか必ず落ちるとわかっているのに、易々《いい》とは落ちない。すさまじい苦痛に違いない。運命が決まっているのに、いつ執行されるのかわからない状態。進みもならず退《ひ》きもならず、切り立った断崖に張りついて、ただ力の尽きるときを待つ。確定している未来にいたぶられる責め苦。

宙ぶらりん、という言葉もある。

綱にぶら下がってつなぐ命。足場はない。両手はふさがっている。疲れてその手を放したときがおしまい。

最悪の拷問だ。身のやり場がない。宙ぶらりんの生殺し。この私。

しかし——。

私は犯罪者ではない。囚人でもない。やられたほうだ。泥棒にたいせつな宝を盗まれた被害者だ。なのに、なぜやったほうみたいに責めさいなまれているんだろう。どうして囚人のような気分になっているんだろう。おかしい。おかしいではないか。

考えるほどに、憤りが胸を渦巻く。

外国の諺《ことわざ》に、怒りは行動の原動力になる——、というものがあるそうだ。

そう。「悲嘆」のあとに訪れる第三段階のもう一つは、「怒り」だ。「絶望」が怒りに転じて、心とからだに火がつく。

それが、いまだった。

Sマート高校通り店

2014/5/5

6:00 p.m.

1

夕方六時を過ぎると、お客の年齢層がやや高くなる。OLや、単身赴任のサラリーマンや、高齢者。素材を買って料理をする元気のない大人が、惣菜《そうざい》や弁当を買っていく。ただし今日は祝日だから、帰宅途中の人は少ない。周辺のそれぞれの住まいから、気軽な部屋着やサンダル履きでそれぞれの利便《コンビニエンス》を求めてやってくる。入りは少ない。先ほどから常時五、六人で推移している。

レジは私と増田。

増田は四苦八苦しながら宅配便のサイズを測っている。四角い段ボールなら簡単だが、出されたのはクタッとした形のボストンバッグだ。どの辺がタテで、どの辺がヨコで、どの辺が高さなのか。取っ手の部分は寸法に含めるのか。

サイズを間違えると集荷の人に文句を言われる。彼らは急いでいるせいかいつも機嫌が悪い。誤った料金の差額は店側のペナルティだ。だからといって慎重にやりすぎると、こんどは待たせているお客が怒る。増田は冷や汗を垂らしている。

啓太はお年寄りの男性にしんぼう強く情報端末機の使い方を説明している。もともと大きな声に過剰な善意が加わって、長く聞いていると食傷気味になる。

2

この店には店長と息子の啓太のほか、十五人のアルバイトがいる。

店長の青柳《あおやぎ》は酒屋からコンビニに転身した五十代である。さほど時流に敏《びん》でもなく、商魂たくましくもなく、ゆえにもって経営は常時マイナスだが、温厚な人となりと勤労奉仕的精神で地域の人にそこそこ愛されている。風貌はちょっと疲れ気味の中年といったところ。

啓太は実質的に店をしきっているマネジャーで、目の前のH大学の二年生である。授業がないときや深夜はほとんど店に顔を出している。清く正しく正義感強く、つねに元気がよすぎるくらい元気がよい。小柄なからだに八の字眉、大きな前歯と顎《あご》が特徴で、笑顔が常態の愛嬌者《あいきようもの》だ。

店長と啓太の家族はこの建物の上階に住んでいる。なにかあったときはすぐに駆けつけられて便利だが、そのぶん三百六十五日、二十四時間、気の休まるときがない。

バイトのうち、私がよく顔を合わせるのは三人だ。早朝や昼間には入らないので、親しくなるスタッフは意外に少ない。

まず、増田。五十を過ぎて会社のリストラに遭って、やむなく応募してきた中年である。太り肉《じし》で髪の毛はバーコードで、いかにも風采があがらない。善意の人だが仕事の要領はあまりよくない。家は多摩川沿いの兼業農家である。

美咲《みさき》。近隣の美術大学の三年生だ。見るからにアート系で、左右が非対称の短いボブに、ピアスを三つもつけている。ときに金髪になる。しかし、垢抜《あかぬ》けた美形だからさほど非常識な感じでもない。老人や酔客に人気があって、しばしば長々しいおしゃべりにつきあわされている。まったく恐れげなく、きわめて適当に、かついやみもなくあしらう。

そして、R。フリーターの十九歳である。

Rは今日七時からだったな――と、先ほど事務室で見たシフト表を思い出す。

ふと冷蔵庫を見やると、炭酸飲料とビールが大量に減ってでこぼこになっている。急いでバックヤードに入り、ウォークインの裏側から商品の補充と前出しをする。すると、続きの事務室でストアコンピュータをいじっていた店長が寄ってきて、「坂井さん」と声をかけられた。

「今日、商店会の会合があってね、啓太と九時ごろ出かける。坂井さん、十二時までだよね。啓太にはできるだけそれまでに帰らせるようにするけど、場合によったらもっと遅くなるかもしれない。啓太が戻るまで、様子見で残ってもらうことできる？」

「わかりました」

うなずきながら、増田があがったあと、Rと二人だけになるなと思う。

3

店の一隅で言いあいをしている夫婦がいる。銀縁の眼鏡をかけた神経質そうな夫と、ふてくされたような態度の妻。

妻のほうはときどき見かける。スーパーが開いている時間でもかまわずこちらにやってきて、二倍の値のするバナナや三十円も高い牛乳をあてずっぽうに買う。どういう金銭感覚なのかと疑っていたが、欲求不満がたまっているのだろう。夫を見て理由がなんとなくわかった。

子供は喧嘩《けんか》に熱中している親から離れて、中ほどの陳列棚の玩具菓子を見ている。小学一年生くらいか。サッカー日本代表の青いユニフォームのTシャツを着ている。もうすぐワールドカップだから。

やがて菓子パンの棚に来て、指で押したり潰したりしはじめた。困ったお客さんだ。親は二人とも気づいていない。

そっと寄っていって、

「ごめんね、ぼく。やめてくれる？　売りものだから」

と、頼んだ。

いがぐり頭の子供はジリッと二、三歩後退し、ぼくがなにしたっていうの、変なおばさんに叱られた——と、冤罪《えんざい》の人みたいな顔になった。ああ、これはしつけがだめだと思う。

小声で言ったつもりだったが、夫がすぐ気づいて小走りにやってきて、「すみません、すみません」と満面の笑みで謝る。

「買わせていただきます。こいつ、どれをさわりましたか」

四十五度の角度で頭を下げられた。そうとうクレーム慣れしている人のようだ。遅れて妻が到着すると、一転、「なんで見てないんだ」と激怒した。

いやな感じ。営業マンだろうか。よくあるのだ。こういう内弁慶。

ふいに、別れた夫を思い出した。

——修司みたい。

外面《そとづら》は最高によいのに、家庭では最低の態度をとる。悪いことがあるとすぐ妻のせいにする。結婚生活が破綻《はたん》するまでの十年間、修司との争いのもとはつねにそこにあった。楓子が死んだときもそうだった。おまえにまかせたのが間違いだったと言われた。

「かわいそうに、楓子。せやからお父さんと暮らそう言うたのに」

私は堅物だが、人に対しては寛容なつもりである。きびしいのは自分に対してだけ。人がやることはどうでもかまわない。

だが修司は反対だ。巧みな話術で人を笑わせ、一見サービス満点だが、中身は真逆で自分に甘く他人にきびしい。自分のことは棚にあげて人を責めてばかり。

そういう男だった。

第二章　矢印

1

白い覆いをゆっくりと足もとまでめくって、

「あらあ、きれいねえ。二十歳《はたち》？」

と、女が言った。

「かっわいそうに。これからがいちばん楽しいときだったっていうのに」

よく動く赤い唇と布を握ったマニキュアの赤が、灰色しかない部屋の中に異物のように躍っている。

と思うや、遺体の上に思いきり身を乗り出し、

「まあ、色っぽいほくろがあるのね」

ひとさし指を立てて、赤い爪先で左の乳房の下を半円形にすいー、すいーと、往復させた。

やめて、さわらないで！　と怒鳴ろうとするが、舌が上顎に張りついて声が出ない。

女は調子に乗って一方的に言いたい放題を言った。

「どうして死んじゃったのかしら。ねえ。あなた正しい人なんじゃなかったの。間違わない人じゃなかったの。おかげで私もひどい目に遭ったわよね、警察に通報されて。まるで犯罪者扱い。そうよねえ、あなた」

女が斜め後ろを仰ぐと、いつの間にか修司が寄り添って肩を抱いている。

「せや」

もっともらしい顔してうなずく。あいかわらず関西弁まる出しである。

「晶子は正義の味方やもん」

ぴたりと息を揃えてこっちを見る。おのれらは夫婦漫才《めおとまんざい》か。

女は修司より十五歳くらい下のはずだが、とてもそんなふうに見えない。厚く化粧した肌は砂漠のようで、髪はぱさぱさに赤く傷んではねている。肝臓でも悪いのか鼻から下がげっそりとこけて、笑うとチャックを全開にしたように歯が剝き出しになる。深いVネックの奥に無理に寄せた谷間が覗いていて、金と真珠の二連のネックレスが添うている。へんなひかりもの。こんな女のどこがいいのだ。

女がまた口を開いた。

「あなたが堅いこと言うから、この子ほんとのこと言えなくなっちゃったのよ。潔癖症ってメイワクねえ。人のこと許さないんだから」

「ほんまや。楓子窮屈やったやろなあ。おれといっしょ」

なにを言うの、あなたたちは、と、カッとなった。

「母親の期待にこたえなきゃって、無理してたのよ」

「がっかりさせまい思て、黙っとったんやな」

握ったこぶしがぶるぶる震えた。

だしぬけに、女が「あら」と楓子の手首をつかみ、表返し、裏返しして眺め、ぱたりと落とした。

「これ、犯人の重大な手がかりね」

——え？

修司はいつの間にか反対側にまわって、足首を持ちあげて舐《な》めんばかりに見ている。

「ああ、動かぬ証拠や」

赤い筋の上をぐっと締めたりした。

——なんなの。なんの証拠だと言うの。

「あなたがやったんでしょ」

「そのとおり。晶子がやったんや」

交互に言って、こちらを見た。

「あなたに殺されたのよ」

「せや。晶子にがんじがらめに縛られてなあ」

――そんな……。

――私が殺したの？

そう言われたら、急にそうかもしれないという気になって、すうっと血が下がった。

2

またうとうとしていて、ハッとしたらK市へ向かう車の中だった。

「インターだ、降りるぞ」

前を向いたまま、辻が言う。

少しだけ顔を向け、顎先で応じる。

ふいに。

――あなたに殺されたのよ。

いま聞いた言葉がよみがえった。

いやな夢。

――せや。

応じるように、チッタ、チッタとウィンカーが点滅して、左のほうへ切れていく。

螺旋形《らせんけい》にめぐる景色を見ながら、

——違う。私じゃない。

と、否定する。

そのために行くのだ。それをはね返すために。それを証明するために。

あるいは。

いやおうなく運ばれていく。得体の知れない靄《もや》の中へ。

緑色の標識にくっきりと白く抜かれた矢印が、おのれの運命の分岐を示している。

左。K。

3

午前中、辻の事務所のある本郷で待ちあわせ、楓子が飛び降りたS橋を見、その足でRが住んでいた南千住のアパートにまわった。

賃料月四万円、築四十年の古いコーポだった。空室にはカギがかかっておらず、二階のまん中あたりの一室に勝手に入った。

「やつが住んでたのは上だけど、どこもだいたい同じだから」

入りはなのところに塩ビのクロス張りの狭い台所があり、二枚のガラス障子を隔てた向こうに六畳の和室があった。日当たりが悪く、薄暗かった。いまどきあまり見かけないぶら下がり型のプラスチックの電灯笠《でんとうがさ》が天井から揺れていて、紐《ひも》を引っぱったがつかなかった。辻がトイレに入り、上部壁面にブレーカーを見つけ、黒いスイッチを上げた。ブーンと小さく蜂の唸《うな》る音がして、パッと電灯がついた。とたん、しみったれた小市民の四十年ぶんの痕跡があらわになった。

ユニットバスが普及する前の建物だから、バスとトイレが別だ。あるいみ昔のほうがぜいたくだったなと辻がつぶやく。

恐るおそる浴室を覗いてみた。細かいタイル張りで、ポリの風呂桶《ふろおけ》の上に蛇腹《じゃばら》の蓋が伊達巻《だてまき》状に巻いてあった。カビと薬品が混じりあったようなにおいがした。

「四万円なら安いんじゃない？　ま、やつには関係ないけど」

アパートの持ち主はRの祖父で、Rはここにただで住んでいたのだ。

蛍光灯にしらじらと照らされると壁や柱のシミが目について、なおのこと陰気くさかった。前の住人が残していったのだろう、色褪《いろあ》せたカーテンが窓の片側に寄せられていた。ホームセンターのできあいなのか窓の高さと丈がぜんぜんあっておらず、窓ガラスの下四分の一くらいのところに取りつけられた転落防止のバーに、長すぎる布地がはんぶん絡んでいた。

畳は日焼けしたところとしていないところの色むらがあきらかで、ベッドを置いていたらしき領域が青かった。よく見ると、脚の位置が重量でくぼんで擦りきれている。電話線なのかパソコン用なのか、壁から一本コードが延びて、部屋の中央でとぐろを巻いていた。

にわかに、楓子が味わったであろう恐怖が気管を逆流するようにせりあがった。

いや、恐怖ではない。絶望。

ここでなにがあったのだ。

なにをされたの？　なにを言われたの？

——楓子！

蠟のように白い両腕が縄で一つにつかねあげられ、窓のバーにつながれている。違う、縄じゃない。樹脂のコードだ。そうか、どうりで痕が細いと思ったのだ。そうか、あのときのそれが。

——そこにある！

い、いくちなわみたいにうねっている。

——それそこに！

「やめて！」

猛烈に吐き気がこみあげ、トイレに駆け込んだ。

「大丈夫か」

気がつくと、辻が後ろに立っていた。

「もういいだろう」

腕を取られ、背をうながされて部屋を出た。

車のシートの背もたれを一段階倒し、深呼吸した。落ちつかねば。始まったばかりなのに、いまからこんなにうろたえてどうする。

落ちつかねば。

――あなたに殺されたのよ。

――晶子にがんじがらめに縛られてなあ。

なにを言うの。そんなはずはない。それを証明するために始めたのだ。しっかりしなくては。

身勝手で口ばかりの男と、けばけばしい痩せた女。十年前に別れた夫と、その愛人。言わせてばかりおくものか。

4

今年の初めに楓子の一周忌をした。

誰にも知らせず一人ですませようかとも思ったが、それではあまりに楓子がさびしいかもしれない。迷った末に、つきあいもない山梨の大叔父夫婦と修司を呼び、四人きりの法事とした。藤井家代々の墓のある八王子市内の寺でお経をあげてもらい、高尾山口《たかおさんぐち》の料亭で会食した。

その席上で、修司とひどい諍《いさか》いになった。

私は頑固な女である。だが、気が荒いわけではない。一般的にはおとなしいと言われている。好戦的ではない。人の悪口も嫌いだ。ただ自分の考えを外の力で曲げさせられるのがいやなだけ。だから、その一点に抵触したとき爆発する。そういう場面はめったにないが、何年に一度かある。そうなったときには思いがけず大きな喧嘩になる。その日がそうだった。

修司とは一年前の葬儀のときに会ったきりであった。そのときにはなんの問題もなかった。お互いあまりにもショックで、それどころではなかったのかもしれない。黙ってうなずき、ただ涙を流した。ほとんど会話もしなかった。けれどもそのとき交わしたほんの少しの愛情がうれしかった。弔問客の誰もかれもが腫れものにさわるような態度だったなかで、修司とだけは悲しみを分かちあえた。じつの父親なのだから当然かもしれないが、本心から抱きあって泣けたのは修司だけだった。

「晶子、おかしなこと考えるんやないで」

「なんかあったら連絡し。待ってるから」

胸にしみた。一度でも深い契りのあった者は、通りいっぺんの者とこんなにも感触に差があるのかと知った。

しかし、だからといって旧交を復活させたわけではない。それどころか、地獄のようなうつに陥って一年も寝込みながら、一度も連絡しなかった。それはそれ。これはこれ。すでに他人になった相手だ。その事実はくつがえらない。意地っ張りで言うのでない。自分なりのけじめであり規則であった。

修司は十年前に浮気して私と楓子のもとを去り、愛人と再婚した。二度目の妻との間には、幼稚園の子と小学校の子がいる。もはや別の家庭の人だ。だから、葬儀のときこそ抱きあって泣いたが、それ以上を頼むつもりもなかった。経済的な援助を乞う気などさらにない。私としてはむしろ善意の配慮だった。しかし、修司のほうはそうは思わなかったらしい。

血を分けた親子なのになにひとつ知らされず、なんの頼りにもされず、蚊帳《かや》の外に置かれた。男の沽券《こけん》にかかわったようだった。不満が一年ぶんたまっていたのか、酒が入るにつれていやな感じにからみだした。そして、形ばかりの宴がある種のたけなわにな ったとき、ついに禁句を言った。

「それにしても、楓子はなんで死んだかな」

とたん、場がシンとした。

「おれはいまだに納得できひん」

あとは、なし崩し的にとめどがなかった。

「ああ、おれが助けてやりたかったなあ。たまらんなあ」

頼る相手がいなかったから、楓子は一人さびしく死んでいった。その趣旨の繰りごとをぐだぐだといつまでも続けた。

昔から酔うと暴言を吐く男であった。言い換えれば、酒が入らなければ本音を言えない小心者であった。

「楓子は何カ月もその男とつきあってたんやろ？　へんなやつなんやろ。そんなんとあれしてたら様子変わるやろう。母親やのに、なんでわからんかな」

ひどい言いがかりだった。

「死ぬくらいなんやから、ものすごい悩んでたんと違うか。この人ほんまはおかしいのとちゃうかとか。ほんまにこの人でええんかなとか」

しつこかった。

「なんで楓子は晶子になにも言わんかったん。なんで黙ってたん。ありえんやないか」

異常な雰囲気を察して、途中から仲居が入ってこなくなった。止める者がいないから、空気はますます険悪になった。

その言葉、そのまんまあなたにお返しします——と、言いたかった。自分こそ家庭外の愉《たの》しみにばかり没頭して、妻や娘の心などにはまったく興味を示さなかったではないか。なんで黙ってたんもなにもない。

それに、人には誰でも言いたくないことがあるものだ。それをあばきたてるのが愛情か？　楓子はもう幼児じゃないのだ。心の中にあることをなんでもかんでもしゃべらせて、すべてを把握するのが母親の務めか。つらそうなことにはあえて突っ込まず、ただ見守ることも一つのやり方ではないのか。

すると、修司は論旨を違う方向に転換した。

「あいかわらず、晶子は自分で完結してるな。なにを言うたところで、あんたが間違ってますてびしゃっと却下されるだけや。楓子も晶子にゃなにも言えんわ。わかるわかる」

勝手に決めつけて、手酌でどんどん飲んだ。大叔父夫婦は困惑して、黙って眺めていた。

「楓子が死んだんも、けっきょく楓子の意志でしたって終わらせんねやろ。おれと別れるときもそやったなあ。あなたはあなたの考えで生きてくださいて。あれと同じように、また突き放すわけや」

えんえん二時間のごたくの果てに、最悪のせりふを吐いた。

「あのね、晶子、この地球上で自殺みたいなことをすんのは人間だけなんよ。わかる？

そのくらい、自殺ちゅうのは異常なことなんや。そもそも人間はみずから死ぬようにはプログラムされてへん。自分の意志による死なんてものは、この世には存在せんのや。言い方を変えれば、自殺ちゅうのはそうせざるをえんように仕《し》向《い》けられた結果なんや。すなわち自殺は他殺なんや。楓子もそうよ。自殺やない。かわいそうに、殺されたんよ。殺人や。犯罪の犠牲者や。死ぬしかないようなところへ無理やり追い込まれたんや。誰のせい？　もちろんRちゅう男のせいやろう。しかし、はっきり言うて、おれは晶子のせいでもあると思う。晶子が助けてやれたら楓子は死なんですんだんや。かわいそうに、楓子。せやからお父さんと暮らそう言うたのに、晶子がどうしても……」

その演説を聞き終わらないうちに、手もとのビールのグラスをつかんで修司の顔にかけていた。修司の赤い顔がみるみるまっ青になった。そのまっ青な顔の上に、隣の大叔母のグラスもつかんで二杯目をぶちまけた。

三杯目をつかんだとき、大叔父に腕を握られ、制された。

目でやめなさいと言っていた。首を振った。

グラスを置いた。

つもりだったが、震えてうまく置くことができず、倒れて畳の上に薄茶色の水たまりができた。間が抜けたように、ふるふる、しゅわしゅわ、泡立っていた。ゲロよりも苦しく、涙より痛い失禁であった。

「誰が、誰が……」

怒りのあまり、その先の言葉が出なかった。

――かわいい楓子を殺すものか。

――殺すんならおまえだ。

――おまえが死ね。

修司はさらに言った。

「昔から晶子はおれの気持ちをわかろうという気がなかった。おれは孤独やった。晶子は聞く耳を持たない。おれは愛に飢えてた。勝手な言い草と思わば思え。おれはかっこなんかつけへんよ。ほんまのことを、おれは言う。晶子と夫婦としてわかりあえていたならば、おれは浮気なんかせんかったと思う」

つたない理屈。男のくせに愛とか言うな。偽悪ならぬ、偽幼の逆切れ。しかも確信犯というほどにも至らぬお粗末な最低男。

十年たってもまだ同じことを言っている。いったいおいくつになられたのだ。進歩のない、なにわの馬鹿男。

しかし、残念ながら修司の言ったことははんぶん図星であった。理不尽と思いながら、全面的に反論する力がなかった。言いがかりの二分の一はビール二杯ではね返した。しかし、残りの二分の一は甘んじて受けるしかなかった。鋭い刃《やいば》がまともに心臓に突き立った。この傷は一生ふさがらないだろうと思った。

娘の叫びが聞こえなかった。聞こえぬままに死なせてしまった。それは事実だ。

憤怒に震えながら、人は本当のことを言われたとき本当に怒るのだと思い知った。

5

「やっぱり郊外なんだな。ずいぶん雪が残ってる」

辻がつぶやく。

「ええ、こっちは寒いですから」

おとといの夜。

急に冷え込んだと思ったら、この冬初めての白いものが舞った。あっという間に吹雪になった。東京の雪はいつも遅く、二月に初雪が降ることもある。それから本格的に寒くなって、三月にも降る。ときには桜が咲いたあとにも降る。

温暖化している二十三区ではまもなく雨に変わり、積雪はほとんどなかったが、気温が三度も低い多摩地域では明け方まで降りつづいた。地熱も低いから一面の銀世界になって、十センチ近く積もった。昼間の好天でかなり消滅したが、日陰の路肩に積みあげられて汚く解け残った塊がまだかなりある。

私が生まれたころは、冬にはしょっちゅう雪だるまをつくっていたけれど――と、ぼんやり思う。かまくら、をつくったこともあったのじゃなかったか。

楓子が生まれたころだって。

雪合戦。

きゃあ、とふいに幼い声が叫んだ。

――あ、楓子。

ふだんは大きな声を出さない楓子の、楽しそうな歓声。玄関のクリスマスツリーの脇で雪玉を一所けんめい丸めていた。

ポンポンのついた赤い毛糸の帽子と、おそろいのマフラーと、ミトン。私が編んだあまり上手でないニットを、うれしそうにぐるぐる巻いて駆けていた。クリスマスに、雪合戦。まっ赤なほっぺ。そんなこともあったじゃないか。いまでは十二月に雪合戦なんて考えられもしないけど。いつの間にこんな中途はんぱな冬になったのだろう。

なかなか進まない窓の外の景色の中を、女子高生が二人、行きすぎる。ふいに一人がからだを折って、もう一人の背を叩いた。よほどおかしいことがあったのだろう。短いスカートから生《なま》の脚が剝き出している。寒くないのだろうか。ふわふわのマフラーを巻いて、うさぎみたいな耳あてまでつけているのに。

中途はんぱな冬。

もともとたいしておもしろくもなかった人生だ。おもしろくもない四十三年。おもしろくもない人生。いや違う、人生がおもしろくないのではなく、自分という人間がおもしろくないのだ。

子供のころから、おもしろい人と言われたことはない。おもしろくなければなに？ まじめ？ そうだ。まじめな人だと、私は言われつづけてきた。

楓子もそうだ。まじめな子。

自殺と知って、みなが気の毒そうに言った。

――楓ちゃんは、まじめだったから。

まじめだから、なんなのだ。

（悪いやつに騙された？）

（男を見る目がなかった？）

（うまく生きられなかった？）

まじめって、なんなのだ。おもしろいの反対語か。おもしろくないの同義語か。

おもしろいのはよいことで、まじめは悪いことか。

そうだったっけ。ふまじめなのが悪いのじゃなかったか。いったいいつから価値観が変わったんだろう。

対して、修司はおもしろい。みんなが言った。修司っておもしろいよね。

おしゃべりが上手で、話題が豊富で、東京に出てきても関西弁をやめない策士。楽しい男。それはほんとである。私だって修司がおもしろいから好きになった。おもしろいのはよいことだ。つじつまはあっている。

じゃあ、修司は私がまじめだから責めたのか。まじめな生き方。それがいけなかったのか。それが楓子の死の原因か。バカな。

おもしろいのは美徳？　まじめは悪徳？　バカな。

まじめで正しいのが悪い。いったい私はどうすればよかったのだ。

6

まじめで正しい私のおもしろくない人生。

始まりは一九七〇年の八月だった。場所は八王子。父親は衣料品関係の会社を営んでいて、従業員は二十人ほどいた。母も仕事を手伝い、専務という名目になっていた。祖父の代には呉服の卸《おろし》であった。

その昔、三多摩は養蚕がさかんで、とくに八王子は絹の集散地としてにぎわった。開港した横浜と八王子を南北につなぐルートや、岡谷や諏訪と八王子を東西につなぐルートなど生糸の輸送路がいくつもあって、シルクロードと呼ばれたりした。戦後は産業のあり方も様変わりしたが、いまも織物や繊維の商いがかなりある。

一人娘だから、比較的だいじに育てられた。大金持ちではないが、貧乏でもなかった。暮らしに困るようなことはなく、年に何度かはちょっとしたぜいたくもした。わが家は中の上くらいかなと子供のころから思っていた。

まじめということを言うならば、まったく両親の血を引いている。まじめな父と母だった。老舗《しにせ》とまではいかないが、にわか成金でもない。ささやかながら歴史と伝統があった。人間的な信頼もあった。それを裏切らぬように、用心深く手堅かった。大儲《おおもう》けなどは最初から考えない。

二十年ほど前にバブルという名の奇妙な時代があった。新商売への鞍替《くらが》えや、投資の誘い。いろんなことがあった。銀行は必要ないお金まで無理に貸してくれようとした。でも、彼らは乗らなかった。流行に遅れて多少商いが細っていくことはあるかもしれないが、大失敗するよりいい。そんなことよりも、いまいる従業員を路頭に迷わせないこと。それが目標だった。

「勝ついくさよりも負けないいくさをせよ――、と徳川家康も言っている」

父の口癖だった。

ある言い方をするならば、まさにおもしろみのない人びとであった。しかし、安住しているのではなかった。現状を守ること。それは簡単なことではない。

じっさいのところ、この社会の九割はたいした才能もない凡人だ。そういう手合いは夢だの挑戦だのと騒がずに、淡々と地道にいくのがいいのだ。成功することよりも失敗しないこと。でなければ、敗者を待ち受けているある種の人たちの食いものになるだけだ。だから、おもしろくもない仕事にえいえいと取り組みつづける両親を偉いと思った。

そんな手堅い家庭で、手堅く育てられた。高校まで地元の公立で過ごし、都心の女子短大に入った。

一流ではない。けれど三流でもない。まあまあよい大学だ。それなりに先々の夢も描いた。大企業でなくてよい。たとえば小さな会計事務所などに入って、キャリアを積んでみるのはどうだろう。そのためにはもうちょっと専門の勉強をして、資格を取って、などと考えていたら、二年生のときに潰瘍性大腸炎というものになった。子供のころから胃腸が弱かった。単位が足りなくなりかけ、就職活動もできなくなった。かといって就職浪人はいやなので、とりあえず腰かけでもよいと、両親のコネで新宿の中堅商社に入った。意にそまぬ社会人スタートだったが、まあどんな仕事でも一所けんめいやればそれなりに道は開けるだろうと気を取り直した。

入社してすぐの合コンもどきで修司と知りあった。関西の国立大学の卒業で、一流証券会社の証券マンだった。八歳年上の明るいエリート。背が高くて、スポーツ万能で、しかもハンサム。そんな男がなぜか言い寄ってきた。

大学を卒業するまで、これといった男友達もいなかった。なんで私なんかに——ととまどったが、悪い気はしなかった。むしろうれしくて心が躍った。うれしいから拒否することもできず、いいと言われてうわずっているうちに妊娠した。そう告げたら、じゃ結婚しようとプロポーズされた。

かくしてキャリアウーマンへの道は、初手から腰砕けになった。それでも、新しい家庭を持ち、これから新しい人生が始まるのだと思ったらわくわくした。

しかし、甘い夢を見ることができたのはわずかの間だった。

最初は誠実な人だと思ったが、素顔はほど遠かった。あとから知ったところによると、三十までに所帯を持ちたいと考えていたそうだ。妻にする女は美人である必要はなく、色気もなくていい。そんなことよりもそこそこの育ちで、そこそこ財産があって、そこそこ学歴があって、無難に家庭を守ってくれるのがいい。

頑丈な港が欲しい。そこから随時出航して、外遊して、戻ってくる。自分の気ままな旅を揺るがず見送り、揺るがず迎えてくれる妻がいい。そういう基準であったらしい。

それがわかって心は冷めはてた。楽しかった関西弁はただ嫌悪感を増幅する拡声器となった。

7

疫病神《やくびょうがみ》、という言葉がある。悪い組みあわせ、という言葉がある。そうとしか言いようがなかった。修司といっしょになってから、てきめんツキが落ちた。

子供のときからおもしろみのない人生だったが、とくにひどい経験もしていない。親も会社の人も近所の人もだいじに扱ってくれた。いじめられたこともない。なのに、結婚後は傷つくことばかりだった。

姑《しゅうとめ》に初めて紹介されたとき、

「なんや、修は面食いやなかったんかい」

と、言われた。

腹を立てたら、修司は母親の肩を持った。おふくろはざっくばらんな性格なのだ、悪気はないのだ、その場を明るくしたいだけだ。真に受けてどうする、受け流せ。

が、とうてい受け流せるせりふではなかった。

その後も姑は会話するたびに、ニコニコしながらひどい言葉を繰り出した。

「あんた、貯金、なんぼあるん？」

「ハア、ええべべ着てるな。ムダ遣いしたらあかんやないか」

「八王子のお家の名義、親御はんにちゃんとしてもろてな」

「あんた修がおらんとき心配やろ？　あれは子供のころからモテモテやで」

なんなのだ。なぜそんな下品なことばかり言うのだ。

修司に訴えても、「それは嫁はんへの親愛の情や」と、却下された。

修司は比較的早くに父親と死に別れ、母一人子一人で育ったから、たいへんな母親びいきだった。そのくせ、マザコンという言葉を聞くと火がついたように怒った。

修司は姑の側に立っている。こちらの味方はしてくれない。そう思ったら、その人に会うのが億劫《おっくう》になった。億劫を通り越して恐怖になった。今度はなにを言われるかと恐ろしくてたまらなかった。

決定打は、楓子が生まれたときであった。

その傲岸《ごうがん》な女はベビーサークルの中の顔を覗いて、言った。

「あーあ、母親そっくりや。修にぜんぜん似とらん。難儀なこっちゃ哀れなこっちゃ」

これが、嫁はんへの親愛の情か。

このずうずうしさでは、楓子が大きくなったとき、本人に向かって「あんたお母ちゃんに似てかわいそやな」とか、「お父ちゃんに似りゃよかったのにな」とか、遠慮会釈《えんりょえしゃく》もなく言うだろう。心ない鬼婆《おにばば》から、だいじな娘を守ってやらねばならない。

しぜん、盆や正月の里帰りにも同行しなくなった。あなた一人でどうぞ、と修司一人で帰らせた。修司は最初ぶうぶう言っていたが、そのうちなにも言わなくなった。こたつでみかんなど食べながら、親子して愛想の悪い嫁の欠席裁判をしているほうがおもしろいと気づいたのだろう。

修司がいなくなると、せいせいした。いざ、と楓子を連れて八王子に帰った。実家では初孫の楓子を目に入れても痛くないほどかわいがってくれた。両親と楓子と四人、水入らずで過ごすときがいちばん楽しかった。

しかし、その楽しい時間も結婚五年で終わった。

修司が町内商店街の福引で、ペアのスペイン旅行券を当てた。が、仕事の都合があわなかったので八王子の両親に譲った。心ききたる婿は、「こんなものでは日ごろのご無沙汰の埋めあわせにもならへんのですけど、せめてもの感謝の気持ちを込めて、プレゼントいたします」と、タダで当たった旅行券をまるで誠心誠意の贈りものででもあるかのように、リボンをつけて進呈した。両親はよろこんでガウディの建築を見にいき、旅の空の下で交通事故に遭って死んでしまった。とんだプレゼントだった。

「海外旅行になんか、行かせなきゃよかった」

いやみを言ったつもりはない。ただただ悲しかった。この世で最大の味方が一度に二人ともいなくなってしまったのだ。心細かった。だが、修司は自分が非難された気になってものすごく機嫌を悪くした。その後も両親の話題になると、「いつまでも責めるなよ」とぶち切れた。

それでなくてもすれ違っていたのに、なおのことうまくいかなくなった。やがて外で遊んでいる気配が濃厚になった。露骨に化粧のにおいをさせて帰ってくることもあった。しかし、妻の気を引くためにわざとそういうこともする男だから、無視した。私を怒らせようとする幼稚な演出なのだったら、怒るだけ無駄というものである。

楓子が小学校にあがったのち、くさくさしているより仕事を始めようと思った。楓子も成長して、前ほど手がかからなくなった。暇になると余計なことに目がいって、家庭はいまよりも険悪になるだろう。そんなことになるくらいなら、別の対象に気をそらすのが賢い。それに、仕事を始めるなら三十になる前に本格的に考えたほうがいいだろう。

思いたったら即、活動を始めねば気がすまなくて、以前働いていた商社に頼みにいった。とくに募集もしていなかったので無理だろうと思っていたら、亡くなった両親に恩義を感じてくれている専務がいて、運よく再就職することができた。

以前はなんでも屋の総務だったが、こんどは経理を希望した。商家の実家の仕事を手伝ったこともあるから、ほかのことよりは勘所があると思った。

私は創造性みたいなものはもともとぜんぜんない。口べたで会話も苦手だ。接客もだめ。交渉のようなことはもってのほか。しかし、地味な仕事をこつこつやるのは得手である。一日じゅう誰とも口をきかなくても平気だ。座りづめでもかまわない。整理整頓も好きだ。むしろ、一円の狂いもなく数字を合わせたい。決められた期限に間にあわせることに情熱を燃やせる。だから経理があっていると思った。

給料、諸手当、社員積立、退職金。退屈な数字の仕事を一所けんめいやった。やがて正確さと速さとで重宝がられるようになった。君にまかせておけば安心だと少なからぬ上司に褒められた。おもしろくもない仕事がおもしろくなった。やる気にさえなれば、自分のような人間にも道は開けるのだと明るくなった。

ところが、その矢先にまた妊娠した。就職して二年、三十一歳だった。せっかく仕事がうまくいきはじめたのにと恨みたかった。

でも、楓子はよろこんだ。

「楓子、おとうとがいい！」

最高の笑顔で叫んだ。その顔を見たら、勤めはじめてからあまりかまってやっていなくてさびしかったのだろうかとハッとした。

私のおなかに耳をつけて、撫《な》でて、さすって、呼びかけていた。

「赤ちゃん、赤ちゃん、早く出ておいで」

いじらしかった。しかたがない、楓子がよろこぶのならと観念したら、修司が大きな浮気をした。

もともと遊び人だから、それまでも小旅行は珍しくなかった。だがこんどの相手は本格的だった。一日五十回、携帯電話にいやがらせの電話をかけてきた。こちらが出ると切った。

そのときは浮気相手が犯人だと思わなかったので、おののいた。自分は生まれてこのかた人に恨まれるようなことをした覚えはない。誰だろう。なぜだろう。携帯電話の番号はそれほど多くの人に教えていない。インターネットが発達し、名簿の売買とか、個人情報の流出とかいう問題がマスコミを騒がせていた時期だった。不安になってネットショッピングに使っていたクレジットカードを解約してみたりした。もしかしたらサラ金とか、保証人とか、とんでもないトラブルにどこかで巻き込まれたのかもしれない。恐ろしくてしかたがなかった。

警察に相談した。そしたら犯人は修司の愛人だった。

ショックで流産した。

不安で寝られない日が一カ月近く続いて、疲れきっていた。その数日前から下腹部にいやな痛みがあって、何度か不正出血していた。でも、いやがらせのことに注意を奪われていて、診察にいく余裕がなかった。その末にいよいよ犯人がわかり、ひどい夫婦喧嘩になった。修司はふてくされて夜中に出ていった。神経が高ぶって目が冴えて、明け方にようやく布団に入ったが、いつまでたっても眠れない。ああもうだめかと思ったら急にすとんと意識が消えて、気がついたら昼に近かった。

土曜日だった。待ちくたびれたのだろう、楓子が一人でカルピスと焼きもしない食パンを食べていた。まあ楓子、おかずもなしでごめんね、なにかつくろうねと言うと、「ううん、いらない。牛乳カルピスにしたもん。栄養あるよ」と、楓子なりの知識を披露して、にこっとした。

じゃ、お買い物いこうかと誘った。

「駅ビルに行っておいしいもの食べよう。楓子の好きなコーンフレークがいっぱい入ったパフェ。どう？」

とたんに目を輝かせて、「うんっ」と元気になった。

連れだって玄関に向かい、靴を履こうとからだを折った。

瞬間、下腹部を万力《まんりき》で締めあげられるような激痛が走った。なま温かい液体がどっと太腿《ふともも》を伝った。白い玄関タイルにみるみるまっ赤な血だまりができた。

壁を伝って崩れ落ちながら、わなわな震えている楓子に、「楓子お願い、救急車呼んで、119番」と頼んだ。

8

病院のベッドで目が覚めたら、楓子がかたわらのスツールにきちんと両手と両膝を揃えて座っていた。青い顔をしてこちらを見ていた。

「お母さん、楓子のおとうと、死んじゃった？」

思いつめた目で言った。

黙ってうなずき返したら、めったに泣かない子なのに、眉根を寄せてぽろっ、ぽろっ、と泣いた。ううーという、けんめいにこらえた嗚咽《おえつ》が漏れた。赤剝けにはがれたばかりの子宮に子供の塩っぽい涙が沁《し》みた。

離婚しようと決めた。

しばらくして、修司が病室にやってきた。

開口一番、言った。

「もう、終わりです。別れましょう」

楓子が身じろぎもせず聞いていた。

修司は「そんなこと言うなよ」とうろたえた。次に、「子供の前でやめろ」と居丈高《いたけだか》になった。でも、やめなかった。すると急に軟化して、「晶子はいま疲れとんのや。元気になってから、ゆっくり話しあおう」。やさしい声で言った。

「晶子はだいじな嫁はんや。おれは別れたない」

理解不能だった。なぜ私などにこだわるのだろう。私みたいなおもしろくない女とはさっさと別れて、好きな人といっしょになったらいいではないか。さんざん外で遊んでおいて、都合のいいときだけ嫁、嫁と持ちあげる。そもそも嫁とか言うな。こっちは語彙が違う。

「どうして？　私が気に入らないんでしょう。慰謝料ならいいです。もらいたくもない。ただし楓子が成人するまで、養育費を月に五万円ください。無理なら四万円でもいい。それだけでけっこうです」

　本心のところ、慰謝料も養育費もどうでもよかった。ただ縁を切りたいだけ。この男と夫婦でいること自体が人生最大の時間の無駄遣いであった。もし今日離婚届にはんこを捺《お》してくれるのなら、養育費もいらないと思った。

　仕事を始めておいてよかった。高給ではないがちゃんとした会社の社員だ。保障もある。福利厚生もある。地道にがんばれば、楓子と二人なんとかやっていけるだろう。いや、だろうじゃない。ぜったいにやっていくのだ。楓子と二人でなにがなんでも幸せになるのだ。

　最初のうちは未練たらしく言を左右にしていた修司も、こちらがテコでも動かないのを知ると、「わかった、別れたる」と思いきりのよい男に転換した。ついでに、「おれには楓子の親としての務めがある」と、唐突に責任感ある父親になった。

　子供など連れていたら次の結婚にさしさわるのではないかとふしぎだったが、あとから考えたら、こちらが意地でも楓子を渡さないと読んだうえでのはったりだったに違いない。

「楓子おいで」

娘を手招きすると、目の高さまでしゃがんで、肩に手を置いた。

「楓子はお父さんとお母さんと、どっちと暮らしたい？　楓子が決めなさい。お父さんもお母さんも、おまえの意志を尊重するから」

包容力満点もどきだった。いままで楓子に対して、そんな態度をとったことが一度でもあったか。

すると、楓子は肩の手を汚いもののように払いのけた。

「さわらないで」

ぴしりと言った。

「楓子はお母さんと暮らす」

生涯でいちばん幸福な瞬間だった。

こんどは、泣かなかった。

まっ黒なおかっぱの下で父親を睨《にら》みつけ、真一文字に唇を結んでいた。幼児のときから同じ表情であった。

「おまえにそっくりや」

と、修司は毒づいた。

法事の席の終わりしな、修司はよろよろと立ちあがりながら、おまえは楓子を死なせたのだから、十年ぶんの養育費を積算して返せと言った。

9

楓子と二人になってからの年月は、異常な密度と速度を持っていた。それ以前の三倍くらいの感じで過ぎたのではなかろうか。

それまで住んでいた練馬区の一軒家は修司に明け渡したので、住むところを考えねばならなかった。両親の遺産をはたいて中古のマンションを購入することにした。大きな買い物だから蓄えはほとんどなくなるが、年をとって働けなくなったときも、究極の頼りは家だ。家さえあればそう大きく困ることはないだろうと心を決めた。

ローンを残さず一括で買える物件がいい。となると、二十三区内はまっ先に選択肢からはずれた。都下に出るなら、子供のころからなじんだ八王子の周辺がよい。両親のやっていた会社は他人に譲渡して、住居だった部分もすでに人のものだ。だからふるさとはもうないけれど、山と川に恵まれた多摩の空気を吸っていると安心する。

さんざんいろいろなところを見た末に、護摩供養《ごまくよう》で有名な高幡不動の近くの３ＬＤＫ、八階建てのマンションの六階に決めた。都心までは遠いが、特急も止まるし会社のある新宿に京王線一本で通える。

給料は手取りで約二十五万円。残業すればもう数万円プラスにできる。加えて、修司から養育費が月々五万円くる。十分ではないものの家賃がないのがありがたかった。ぜいたくしなければやっていけそうだった。

楓子がやりたいということはなんでもやらせてやりたかった。行きたいという学校にはどこでも行かせてやりたかった。片親ということで不自由をさせたくない。家庭がこんなことになったのは、自分たちのせいだ。楓子に罪はない。楓子に恥ずかしい思いはぜったいにさせてはならなかった。

学資の積立、病気のときの備え、お嫁にやるときのための蓄え。そのためにはよほどがんばらねばならなかった。かといって、がんばりすぎて自分が倒れたら元も子もない。楓子には私しかいないのだ。兄弟もない。祖父母もいない。だから、怠けぬように、疲れすぎぬように。その塩梅《あんばい》があんがい難しかった。自分も後悔したくないし、楓子にもお母さんは間違っていなかったと思ってほしかった。必死だった。

週のうち五日は会社でフルに働き、積極的に残業もした。残り二日のうち一日は家事に使った。

土曜日は――。

掃除。朝から家じゅうを駆けまわった。もともと隅々まで整理整頓できていないと気がすまぬたちである。出しっぱなしは嫌いだ。ゴミを一日捨てそびれても気分が悪い。食器の洗い残しもいや。

洗濯。楓子がかなりやってくれたが、手洗いのものやニットのものなどは無理なので、一週間ぶんを土曜日にまとめてやった。

料理。毎日時間をかけられるわけではないから、これも土曜にできるだけつくった。温めるだけ、焼けばいいだけ、揚げればいいだけのものを用意しておけば、平日が楽になる。楓子にはできあいの惣菜は食べさせたくなかった。カレー、シチュー、餃子、グラタン、ハンバーグ、コロッケ、煮物。それから、汁物のだしをたくさん。野菜は浅漬けや、煮びたし、きんぴらのようなものにしておけば、数日はもつ。

日曜日は――。

休養。ひたすら眠った。半日も眠った。あまり丈夫でないからだで走りつづけるためには、週に一度の寝だめがぜひとも必要であった。

五日働き、一日家事をして、一日眠る。

単調といえば単調な、決まりきったといえば決まりきった、濃度が濃いといえば異常に濃い十年があっという間に過ぎた。

私の思いを察してか、楓子はすばらしくいい子だった。親のひいき目だとは思わない。ひとことの文句も言わずに協力してくれた。

今日は残業よと言ったら、「うん」と答えて、それ以上のことを説明する必要がなかった。一人でごはんを食べ、お風呂に入り、かたづけて、寝ていた。高校に入ったらお弁当は自分でつくるようになって、ときには夕飯も用意して待っていてくれた。

すくすくと育って、からだも丈夫だった。小学校のときから地元のテニスサークルに入り、中学校以降はさらに学校のテニス部にも入って、楽しそうにしていた。私はスポーツは苦手だが、楓子は修司に似て運動神経がよかった。

病気もほとんどしなかった。たまに具合が悪くなったら自己判断でさっさと早退して、まっ赤な顔をして体温計をくわえて寝ていた。

修司の母親に言われたように、楓子はあまり美人ではない。彫りが深くなくて、目も鼻も口もすっすっと細い線を引いたような顔である。それでいて眉が濃く、意志の強さがにじみ出ていて、独得といえば独得だった。黒くて量の多いまっすぐな髪が直情さを増幅しており、取り柄は色白で肌理《きめ》が細かいことだった。

小学校のとき、「頑固なはにわ」と男の子にからかわれていた。社会の教科書に重要文化財のはにわの写真が出ていて、楓子にそっくりだったのである。小学生だからまだその語彙がなかったが、要するに弥生人の顔だ。平安時代なら美女と言われたかもしれない。母も子も。

勉強しなさいなどは、一度も言ったことがない。いつも黙って唇を真一文字に結んで机に向かっていた。家庭教師もいらない。塾もいらない。高一と高二のとき夏休みの二シーズン、予備校の夏期講習に行っただけだった。

小、中、高はすべて公立。大学は国立に入ってくれたので、学費は思ったほどかからなかった。あとから考えたら、いちばんお金のかからない方法をけなげに選んでくれていたのかもしれない。

楓子が協力的だったから、平日はほとんど家庭のことを気にせず働くことができた。おかげで地味ながら仕事の実績もできた。そこそこの責任も与えられて、比較的安定して収入を得ることができた。経済的な不安が減れば心の余裕も増えて、笑顔になる。これほどのパートナーはなかった。

楓子が中学生のとき、見合いの話がきた。修司の妻だったころのあの艱難《かんなん》をまた繰り返すのかとげんなりした。それでも子供の将来のために、形式的にはいいことが多いに違いなかった。

楓子に相談した。

「お父さんがいたほうがいい？」

即座に「いらない」という答えが返った。

「お母さんと二人がいい」

生涯で二番目に幸福な瞬間だった。

一年後にまた話があった。出入りの業者の中に独身の人がいて、よく姿を現すなと思っていたら、長い長いおつきあいの申し込みのメールが来た。よほどのもの好きだと一蹴しようとしたが、いちおう楓子の意見を訊いてみた。

「どうしよう?」

すると、一年前より少し大人になったのか、違う言葉が発された。

「お母さんは、そのひと好きなの」

まじめな顔で見つめていた。

「ぜんぜん」

「じゃ、いらない」

二人して破顔した。うなずきあって、それきりになった。

楓子がいらないと言うのに、なにが悲しくて面倒な夫など持つ必要がある。

10

私は協調性はだいじだと思っている。いたずらに和を乱すべきではない。しかし、和を保つためになあなあになるのはいやだ。

経理の仕事をしていると、不正に気づくことが多い。交際費にみせかけた私的な飲食。

得体の知れない贈答。架空の取引。架空の外注。一人出張なのに二人ぶんの宿泊費。なぜか土日の交通費。すべてを指摘していたらほとんどの社員がクロになってしまうのでさじ加減が必要だが、中には見逃しがたいものもある。

恐ろしいのは、一度ごまかしが通ると罪悪感が麻痺《まひ》してえんえんやりつづけてしまうことだ。たとえば、数万、十数万。「この程度なら」と思う。しかし、「この程度なら」も長く続けば、百万、千万にふくれあがっていく。

一人、何年にもわたってそれを続けている営業社員がいた。気づいている者もいたが、明朗闊達《めいろうかったつ》で外ウケがよく、契約の成績もいいのでなんとなく目こぼしされていた。でも私は許せなかった。当たり前みたいな笑顔をつくって虚偽の領収書をまわしてくるのが腹立たしかった。いい人の仮面をかぶって内実腹黒い。そういうのがいちばん嫌いだ。だから、徹底的に計算して上司に報告した。十年ぶんさかのぼって水も漏らさぬ調査表をつくりあげた。合算して千百万円の私的横領だった。密告ではない。糾弾でもない。ただ事実の数字をまとめただけ。

男はクビになった。

そしたら、妻が家に乗り込んできた。

「おかげで一家四人、路頭に迷うことになったじゃないか。どうしてくれる」

すごい剣幕だった。正しいと信じてやったことだったが、女の吊りあがった目と、おのれもろとも地雷を破裂させかねない勢いにたじろいだ。

すると、高校生だった楓子が奥から出てきて、

「帰れ！」

と、怒鳴った。

「おまえの旦那が間違っている。お母さんが正しい」

堂々と胸を張った。

玄関のドアを足で蹴って固定し、女の腕を両手でつかむやテニスのバックハンドの要領で玄関の外に振り出し、がちんとカギをかけた。警察を呼んだ。あっという間だった。

これなら押し売りに遭っても強盗に遭っても撃退できるであろうと感嘆した。

後日、同僚にその話をしたら、あなたにそっくりだと笑われた。

――そっくり？

言われて、驚いた。

――私、そんなに乱暴？

だが、かつて修司を追い出したときのことを思い出して、そうかと苦笑した。母親を見て育っていたのだ。あきらかに輪をかけているけれど――。

楓子の剛毅《ごうき》さに驚かされたことは、一度や二度でなかった。小学校のころからときどきぶったまげるようなことをした。

小学四年生のとき、もろもろの動作が遅い子がいて、悪ガキの餌食《えじき》になっていた。ある日の給食時、その子一人が食べ遅れてとり残され、おかずのカレーに絵具やチョークを混入されて泣いていた。みなが見ぬふりをしているなか、楓子だけが憤然と立ちあがり、ガキ大将の少年を平手打ちし、牛乳を顔面に浴びせた。そして唖然《あぜん》としているその目の前に異物入りのカレーをどんと据え、

「おまえが食え」

スプーンを鼻先に突きつけた。

あとから教師に聞いて、男の子相手にそこまでやるかと肝を冷やした。

中学二年生のときには、同級生の女子三人のカンニングを先生に報告した。三人は学年の中でも発展的なグループで、気に入らない同級生がいると陰湿に仲間はずれにするような子たちだった。おかげで楓子も数カ月干されたが、まったくめげなかった。

これもあとから教師に教えられたことだ。本人はなにも言わない。

楓子は強い。

そして、泣かない。

楓子が泣いたのを何度見たことがあったろう。覚えているのは、飼っていた犬が死んだときと、私のおなかの中の子が死んだときくらいだ。ふつうの子供なら泣く場面でも、唇をうっと真一文字に結んでこらえていた。泣くこともいやだし、それ以上に泣いたと

ころを人に見られるのがいやなようだった。だから、もしかしてと思ったときには部屋に入らぬようにした。

気丈な娘。一途《いちず》な娘。不器用にきりきり舞いする私をいつも支えてくれた。こちらはなにもしてやれていないのに、お返しばかりしてくれていた。できすぎた娘だった。

しかし、よくよく考えれば、そんなふうに表面上の問題が少なかったからこそ、根底に横たわっているもっと大きな問題に気づかなかったのかもしれない。

修司は私が楓子を縛ったのがいけなかったと言った。潔癖すぎて人を許さないからだと。私自身にはそんな気はさらさらない。楓子にはいつも自由に、好きなように、やりたいようにさせてきたつもりだ。

が、自分がそう思っていただけで、楓子にとってはそうではなかったのだろうか。意識せざるところで縛り、期待しすぎて窮屈にさせていたのだろうか。だったら最悪である。

そうなのだろうか。

違うよね?

なにも答えない楓子。

11

法事の席で修司と喧嘩した夜、怒りでまったく眠れなかった。脳の神経細胞がバチバチとはぜて、いま熱を測ったら三十七度以上あるだろうと思った。しらじらと夜が明けていくのを見ながら、決心した。

ぜったいに真相を知ってやる。

楓子になにがあったのか。楓子はなにに絶望し、なぜ死んだのか。なんとしても知ってやる。そのためなら死んでもよい。

――死んでもよい？

そうだ。そうだった。私は楓子のためなら死んでもよいと思っていたのだ。修司と別れてからずっと。いや楓子が生まれてからこのかた、いつだってそのつもりで生きてきたのだ。それなのに、楓子にいざ死なれたらあまりにも悲しくて、自分が死ぬのを忘れていた。あいかわらずの大馬鹿だ。

そうだ。楓子は死んだのだ。ということは私も死んだっていいのだ。楓子がいないのになんのために生きる？　この世に未練などないじゃないか。

そう考えたら、憑きものが落ちた。恐いものがなくなった。私はなにをためらっていたのだろう。

まる一年寝たきりで過ごして、仕事は失った。この年になって、こんな就職難の世の中で、元のような会社に勤めるのは難しいだろう。しかしそれがなんだ。もともと楓子のために働いてきたのだ。楓子がいないのなら、もはやあくせく働く意味もない。

私の人生にはなにも残っていない。親もない。兄弟もない。子供もない。守るものはない。目標があるわけでもない。やりたいことがあるわけでもない。ならば楓子のために行けるところまで行こう。あとのことはいい。楓子があの世で待っているだけだ。

その意気だ。やるべきことをやろう。そして死ぬ。

やるべきこととは――。

楓子の死の真相を知る。それただ一つ。

これまで私は楓子のためだけに生きてきた。楓子の中に私の人生があった。なのに、その楓子が死んで、死んだ理由もわからないなんてひどすぎるではないか。私が生きてきた意味もないではないか。そんなことは納得がいかないではないか。自分は終わってもよい。でも、いまのまま終わるのはいやじゃないか。

だったら――。

布団をはねのけて、電灯をつけた。

――お金！

作業机に走り、二段目の引き出しを引き抜いた。部屋のまん中にどしんと座った。

――お金はいくらある？

――あとどのくらいもつ？

右手で取っ手を持ち、左手で底の角を持ち、ひっくり返した。

通帳、保険証券、株券のたぐいがざらっと山になった。また机に走り、電卓をつかんで取って返した。通帳を開き、保険の約款《やっかん》をめくり、片端から数字を叩いた。日ごろから仕事でお金の計算ばかりしてきたのに、何度も打ち間違えて、何度も計算し直した。

まずは、銀行三行の普通預金。楓子が死ぬ前、それらは九百万円くらいだった。が、葬儀やらなにやらに使って、いまは約四百万円。少ない。一年間なにも仕事をしなかったから五百万円も減っている。あと、手つかずの定期預金が一件。五十万円。

だが、楓子が子供のころから払いつづけてきた学資保険が払い戻されている。ぎりぎりこらえて高校や大学入学時の祝い金も受け取らず、あと少しで満期だったから、三百万円のほぼ満額だ。

それから、私の生命保険。私の万一のとき楓子に二千万円入るように設計していたが、解約してしまおう。解約返戻金は三百二十万円。完全に元本割れだが、保険金を渡すべき楓子はもういない。入っている意味はない。

両親から譲り受けた株もいくらかある。これらもぜんぶ売却だ。いま株価はそうとう下がっているが、それでもたぶん百五十万円くらいにはなるだろう。

とすると——、四百万円＋五十万円＋三百万円＋三百二十万円＋百五十万円で、計千二百二十万円。

よし。これらをぜんぶ楓子のために使ってしまおう。

ローンはない。借金もない。だから、かなりのことをやっても一年やそこらはもつはずだ。再就職などはもう考えない。もしパートかアルバイトができるようなら、少しやってもいい。そうやってもたせながら真相を究明しよう。それが尽きたらこのマンションも売ってしまおう。それも尽きたら、ほんとに死んでしまえ。

もう一度電卓を叩き直し、ノートに数字を書き取った。

書き終えたら、すっきりした。

通帳と証券類をきっちり角を揃えて四角い箱に納め、机のまん中の穴に戻した。

12

「あ——」

運転席の男が低い声で唸った。

「すみません。一本間違えたかもしれない。やっぱりちゃんとナビを設定しないとだめだ」

ミラーを上目に覗いていったん路肩に停車して、住所と地図を確認する。手早く機械を操作して、ふたたび発進した。

細心な男である。放埒《ほうらつ》なようであてずっぽうでない。いつも前後左右に注意がまわっている。

ウィンカーを出し、するりとハンドルを切った。サイドミラーをちらと見た横目と、一瞬、目が合った。

この男にたどりつくまでには、いくばくかの紆余曲折《うよきょくせつ》があった。

修司と喧嘩した夜、あり金が尽きるまで楓子の死の真相を調べようと決めた。そのときは関係者のもとを行脚《あんぎゃ》するとか、街頭に立って訴えるとか、興奮してテレビドラマみたいなことをばくぜんと想像していた。が、冷静になって考えたら、どうしていいのかまるでわからなかった。

誰に訊く？　なにを調べる？　どこに行けばいい？

もともと警察からRの情報はほとんど教えられていなかった。わかっていたのは名前と年齢とおおむねの居住地くらいである。事件性はないとみなされていたのだからしかたがない。

そのRはいまどうなっているのか。どこにいるのか。まずはそこから当たらねばならない。

一年前の所轄の警察を訪ね、話を聞きたいと頼んだ。担当した刑事が対応してくれた。だが、すでに終了した件だからと苦しい顔をされた。

現時点ではなんの問題が生じているわけでもなく、Rはなんの容疑者でもない。したがって、彼の情報は把握していない。仮に把握しているにしても、一般の個人が知りえないようなことを教えるわけにはいかないと言われた。

しかし、たった一人のお子さんを亡くされて、つらいお気持ちは十分推察できる。世の中にはあなたのように気の毒な遺族をサポートするボランティアやＮＰＯもある。そういうところを探して力になってもらったらどうか――。

「がんばってください」

と、刑事は言った。「おかしな気を起こさないように」

あてがはずれて失望した。が、必ずしも非情なわけではないのだろうと思った。決まりとして協力はできないのだ。

教えてもらったヒントを頼りに、インターネットで検索した。それらしいサイトがいくつか見つかった。その一つにアクセスした。献身的な活動をしているようだった。メールで事情をつづって送ったら、懇切な返事が来た。とりあえず一度おいでになりませんかとあった。

アポイントをとって訪ねた。

代々木公園に近い、古いマンションの一室だった。2DKくらいの部屋をカーテンや衝立《ついたて》でごちゃごちゃと仕切って、学生を含めた三、四人がいかにも手弁当という感じで働いていた。ばらばらの柄のマグカップにお茶やコーヒーを何度も入れ替えてくれて、かごの中の飴《あめ》を「どうぞ」としきりに勧められた。やさしい人たちだった。

電気スタンドの笠から、手編みのワンピースを着たキューピーがぶら下がっていた。パソコンのディスプレイの上に、大中小のマトリョーシカ人形が並んでいた。

「私たちは、とにかく聞くのです」

対応してくれた女性は化粧っけのない笑顔で言った。

「いくらでも話してください。言葉がなくなるまで話してください。どうやったって亡くなったご家族は帰ってきません。でも、心の中にためておられることを外に出すだけで、ずいぶん楽になるのですよ。おいでになってお話しされてもいいし、メールでもいい。ファックスでもいい。なんでも言ってください。私たちには問題を解決する力はありません。でも聞くことはできます。私たちは寄り添いたいのです。それが仕事です」

女性はさらに続けた。

この国では、いま一年間に約三万人の自殺者が出ている。未遂の人を含めれば、たぶん十倍の三十万人近いだろう。その人たちからのSOSの電話を受けつけている団体などはわりに知られている。しかし、私たちは彼ら自殺者、未遂者本人よりも、あとに残された自分を責めている遺族のほうが、あるいみではつらいのではないかと考えている。そういう人たちの力になりたいのです——と。

楓子が死んでからの一年のことを話した。同情して泣いてくれた。心が温かくなった。けれども、趣旨が違うようだった。私は自分の苦しみをやわらげてもらいたいのではない。ただただ楓子の死の真相が知りたいのだ。Rのことが知りたいのだ。なぜ楓子が死なねばならなかったのかを追究したいのだ。

そう訴えたら女性は少し考え、それだったら弁護士さんに相談したらどうでしょうと言った。たとえば自殺したお子さんの両親が、自殺の原因をつくった相手に対して損害賠償の訴えを起こすことは珍しくない。それは刑事事件としては罪に問えなくて涙を呑んだ人びとの救済の場にもなっている——。

一つ希望が見えた気がした。

そちらをあたってみます、と席を立った。

女性は見送ってくれながら、でも、私たちのような活動にも価値がないとは思いません。必要があったらまた来てください、とにっこりした。

13

しかし、道は険しかった。

弁護士――。

そんなものに縁があるわけもない。会社の元同僚に尋ねて、弁護士事務所を二つ紹介してもらった。

先のNPOとは打って変わって、合理的の三文字でできたような、青山の二十階建てのオフィスだった。ピカピカの大理石の床に、歩く自分の姿が鏡のようにくっきりと映った。

黒革の応接ソファで待っていたら、まっ白なシャツにしゃれたネクタイを締めた身なりのよい弁護士が現れた。柔和な笑顔とものごしの持ち主で、かつ、きわめて慇懃《いんぎん》無礼《ぶれい》だった。ゆったりとしたスピードで質問されているのに、なぜだか刃を突きつけられているようだった。しどろもどろになりながら事情と経緯を訴えた。

説明し終えたとたん、言われた。

「なんの罪に問うんでしょうか」

なんの罪って――。

絶句した。

「難しいと思います」

弁護士は言った。

このケースでは、強姦は問えない。傷害も問えない。おなかの子の父親がその男であるという証明もできない。争うとしたら、恋愛関係において相手から精神的な苦痛を与えられた可能性があるという点だけだ。

たとえば、わいせつな写真をばらまかれたとか、侮蔑《ぶべつ》的な内容のメールや手紙が残っているとか、脅しによって肉体を強要されていた証拠があるとか、インターネットで誹《ひ》謗《ぼう》中傷された記録があるとか、そのような証拠があるならば、まだ攻めようがある。しかし、それがなにもないなら話にならない。どうしても訴訟を起こしたいなら拒否はしないが、勝てる見込みはないと思ったほうがよい。裁判は何年にもわたることもあり、負けた場合はそうとうに少なからぬ費用がすべてあなたの持ち出しになる可能性がある。やめたほうが無難であろう。

特有のもってまわった言い方で、磨きあげられたオフィスと同じような硬質の対応だった。取りつく島もないとはこういうことをいうのかと思った。

歪《ゆが》んだ角度で打ちすえられた釘みたいになった。ぺちゃんこに潰れて、地べたにめり込んだ。

もう一人の弁護士に会いにいっても同じであろうと、連絡先はゴミ箱に捨てた。

14

それでも、ここでくじけてはならぬとおのれを励まし、翌々日から楓子とRが働いていたコンビニと、大学の友人を訪ねはじめた。

まず、コンビニに行った。できるだけのことを教えてもらおうと意気込んだ。なにしろR本人を知っているのはその店の店長と、当時働いていた従業員だけなのだ。

店長は好意的だった。

「お嬢さんはよく働いてくださった。優秀なスタッフだった」

いい話をたくさん聞かせてくれた。

楓子の仕事が正確でていねいだったこと。後輩の面倒見がよかったこと。常連のお客さんに好かれていたこと。頼むといつもいやな顔もせず残業してくれたこと。

しかし、肝心のRのことは、ほとんど知らなかった。

「彼は三カ月しかいなかったから」

申し訳なさそうに言われた。事件のあと店はすぐに辞め、引っ越したそうだ。新しい住所も、次の勤め先も聞いていないとのことだった。

当時からの従業員が二人いたが、やはり同じだった。「つきあいがないから、わかりません」と謝られた。

続いて大学のある本郷に足を運び、同級生たちに会った。みんな親切で、「楓ちゃんのためなら」と、時間を繰りあわせて少しずつ喫茶店などに集まってくれた。

「その後、なにかわかったことや、思い出したことはありませんか」

一人ずつに訊いた。

だが、新しい情報はなかった。むしろ彼ら彼女らのほうから、私たちも理由が知りたい、楓ちゃんはなにに悩んでいたのか、Rとはどういう人だったのか、よかったら教えてもらえませんかと頼まれる始末だった。

一週間通いつめ、けっきょく思い出話のたぐいしか、話題は出なかった。が、一つだけ反応があった。

Rは高校卒業資格を取ろうとしており、楓子が勉強を教えていたようだと言うと、「あ」とつぶやいた子がいた。彼女は楓子が死ぬ一カ月くらい前、いとこの中学生の家庭教師をしてほしいと楓子に頼んだそうだ。すると、「いま一人見ているから難しい」と断られた。「都内の子？　家に教えにいってるの？」と訊くと、いつも率直な楓子なのに、珍しく歯切れが悪く、

「うん……、ちょっと引きこもってる女の子」

と、答えたという。

いま考えれば、その女の子というのがR君だったんでしょうね、と彼女は言った。

そして——。

孤軍奮闘の捜索は、そこで打ち止めになった。自分一人の力では、それ以上どうしようもなかった。

行き止まり。どん詰まりの、袋小路。

このあと誰に、なにを訊けばよいのか。

楓子のためにがんばろうと立ちあがってから、三週間だった。

15

いまにも雪が降りそうな、陰気な空だった。

天候のせいなのか絶望のせいなのか、大学の赤い門の色が赤ではなく、どすぐろい黒に見えた。

もうだめかもしれないと思ったら、足の力が抜けてよろけた。側溝のコンクリート蓋の穴に、パンプスのかかとを突っ込んだ。無理して抜こうとしたら折れてしまった。情けなくて泣きたくなった。

かたわらの電柱につかまると、ポスターが貼ってあり、書かれている文字が目に飛び込んできた。

「なんでも調査します。泣き寝入りはやめましょう。←当ビル2階」

ハッとした。

反射的に左手の古いビルを見上げた。二階のガラス窓の一枚ずつに、「探」「偵」という文字が白いテープを使って描かれてあった。

ポスターにはビニールのポケットがついていて、手札のような小さなチラシが重ねて入れてあった。

一枚抜いた。

「不意のリストラ。お父さんの過労死。子供の自殺。妻の浮気。

納得のいかないことはありませんか。

法の網が及ばないことをお調べします。

あなたには真実を知る権利があります。」

なにかの導きのような気がした。吸い寄せられるようにビルの四角い入口をくぐった。

片方だけ靴を履いた足で冷たいコンクリートの階段をのぼると、すぐ目の前の扉に「辻調査事務所」という表札が掲げられていた。かたわらの磨りガラスからおぼろげに中が覗けた。だが、電気が消えている。

誰もいないのか。

また拒否された気がした。

力が抜けてへたり込んだところで、後ろから声をかけられた。

「うちにご用ですか」

地味なジャンパーにマフラーをして野球帽をかぶった男が、ディスカウントショップの黄色いレジ袋を腕に抱えていた。動物のマンガのようなロゴマークが目立って見えた。

「悪かったですね。今日は誰も留守番がいない日なんだ」

眼鏡の下からこちらを一瞥《いちべつ》すると、無造作に黄色い袋を脇に置き、扉のカギに向かった。

壊れたパンプスを胸に抱きしめ、扉を開けている背中に向かって叫んだ。

「お金はいくらでも出します。ほんとのことが知りたいんです。お願い助けて！」

16

背後の車に、ブブー、ブブーとせっかちにクラクションを鳴らされた。

「気の短い奴だな」

辻がミラーを睨んで言う。

「もうすぐですよ」

窓の外を見やると、桜とイチョウの並木が続いている。

ああ、大学通りだ。

何年ぶりだろう。十年。いや二十年。駅に向かってまっすぐに延びる大通り。子供のころに見た風景、そのままだ。前方の両脇にこんもりと緑に覆われたH大学のキャンパスがうかがえる。

「そこ、大学の手前、曲がります」

交番のある交差点を右折すると、カエデ並木の通りになった。高校通りというそうだ。

「先に降りててください。車止めてくるから」

商店が並んでいる。時計店、整体院、文具店、和菓子店、そして、黄色と緑色の縞《しま》の看板のコンビニと続く。低層の雑居ビルの一階だ。

駐車場はなく自転車置き場だけで、構えは比較的小さい。店の前に高校生が四、五人たむろしている。

——ここか。

膝が震えた。

楓子の事件のあとRはこの街に引っ越し、以来一年、このコンビニに勤めていたのだ。

辻が突き止めた。

　さっき高速道路で見た標識の矢印が、脳裏に浮かんだ。いやおうなく運ばれてきた。くっきりと白く抜かれたその方向指示に導かれて。

　左。K。

　日陰に残った雪だまりに気をつけながら恐るおそる歩み寄り、ガラス窓の内側を覗き込んだ。雑誌ラックの向こうに、いく人かの客といく人かの店員が動いている。

「あれだ。左側のレジ」

　いつの間にか後ろに来ていた辻が、小声でささやいた。

　示されたレジを見た。

　――え？

　その左右に、何度か目を走らせた。

　――あれ、って。

　背後を見返した。辻が黙ってうなずいた。

　――あれ？

　――が、R？

　なにか、愕然《がくぜん》とした。

　私はそれまで指名手配犯のような男を想像していたのである。獰猛《どうもう》な殺人鬼――とまではいかなくても、複雑な陰のある、なんとなく後ろ暗そうな人間を。勝手にそう決めつけていた。

楓子を死に追いやった男だ。若い女の子の手足を縄でぐるぐるに縛るような男だ。そんな男の顔を見たくないために、私は一年もためらっていたのだ。けがらわしかった。考えたくもなかった。

ところがいま目線の先にいる青年は、思っていた姿とはまったく違った。違ったというよりも、いままでに見たことのあるどの若者よりも美しかった。コンビニの店員の役が釣りあわなくて不自然なくらいだった。

背が高く、ほっそりとしていて、整った小さな顔に柔らかそうな栗色の髪が揺れている。肌の色はうっすらときれいに焼けた小麦色で、ホットケーキにメープルシロップがとろっと流れるような、甘い感じがする。

――ああ……。

奇態な心だった。ふと気づいたら、娘を汚されたという感じが希薄になっていた。ある言い方をすれば、それは一種の安堵《あんど》でもあった。

なんなのだろう、この気持ちは。不可解だった。まったく不可解だった。

だったら、いかにも悪者のほうがよかったのか。

うれしいのか、悲しいのか、わからなかった。

――とうとう見つけた。

と、思った。
同時に、すでにして敗北、のような気もした。

Sマート高校通り店

2014/5/5

7:00 p.m.

1

午後六時五十分。

通りはほとんど闇に落ちた。

さっきまで駐輪場にたむろしていた子たちがエントランスを汚しているかもしれない。チリトリとホウキを持って表に出ると、折しも大きなエコバッグを抱えてやってきた初老の婦人に出くわした。

店舗の入口に据えられた分別ゴミ箱に、ペットボトルや空き缶を捨てはじめる。

――いやだ、また。

よくあるのだ。家庭ゴミの持ち込み。

コンビニのゴミ箱はあくまでもその店で買った商品をその場で飲食したときのために

ある。ところが、いたずらにサイズが大きいため、スーパーなどに置かれているリサイクルボックスとカン違いしている人がけっこういる。きれいにラベルをはがして、蓋も取って、まっとうなエコ意識で持ってくる。悪気がないからなおのこと始末が悪い。これをみなにやられたら、こちらは日に何度かたづけても追いつかない。

あわてて、

「申し訳ないのですが、ご家庭のゴミのお持ち込みはご容赦いただきたいんです」

頭を下げると、老婦人はいわれのない非難を受けたという顔になって、

「あら、いけないの？　ご家庭のゴミって、これみーんなおたくで買ったものよ」

と、反論した。

そう言われると返答に詰まる。たしかによく飲みものを買ってくれている人である。どうしよう。

「そうかもしれませんが、いったんお求めになってご家庭で召しあがられたものは、市町村のほうの回収に出していただく決まりになっておりまして……」

しどろもどろになっていると、Rが涼しい顔して通りすぎ、すうっと店の中に消えた。

Rはこういう揉《も》めごとはいつも知らん顔である。釣り銭が間違っていた、商品が不良品だった、惣菜が消費期限切れだった……。クレームがくるたびにサッと店長やマネジャーに託して、自分は安全圏へ避難する。部外者みたいな顔をしていつの間にかいなく

なっている。Rが冷や汗を垂らしてお客に謝罪しているところなど見たことがない。増田や私はしょっちゅうサンドバッグになっているというのに――。

ようやく女性を説得して店内に戻ると、折しもRが制服に着替えて事務室から出てきたところだった。少しだけ頭を下げ、なんとなく目を合わさぬようにする。Rのほうはなんのこだわりもなく、こちらを平らに見ている。

Rがレジにつくと、さっそく店外で待っていたらしき女子高生が入ってきて、「トイレ貸してください」と言う。

あいかわらずもてもてでけっこうだこと、と思う。

2

コンビニの仕事は、基本的に誰にでもできる内容だ。店長やマネジャーは経営力だの企画力だのを求められるが、ヒラのバイトはそこまで求められない。セールスマンのように個人の売上げが問われるわけでもない。

しかし、そう言いながら、カリスマ店員のようなものも存在しないわけではない。めったにないが、たまにある。この店ではひそかにRがそれである。ファンはおもに女子中高生だから、それによって一日の売上げが何万円も変わったりはしないが、Rのいる曜日と時間帯を狙ってやってくるお客が多いことは疑いがない。

Rがレジに立つと、急に店に花が咲いたようになる。Rがいなくなると、急に冴えないふつうのコンビニになる。

Rは女の子に騒がれてもまるで自覚がない——、ような顔をしている。気づいていないはずはまさかないのに、どこ吹く風である。

自分目当ての子が近づいてきたら、真正面から見る。まばたきもせず、動じもせず、じっと見る。赤くなったり、照れたり、おどおどしたりすることはない。むしろ相手のほうがそうなる。

整った眉と、彫りの深い、しかしふっくらと柔らかそうな奥二重の目と、吸い込まれるような瞳。きれいな小麦色の肌。曲線をするっとひと筆描きしたような頬。丸い額にふわりとかかっている栗色の髪。つやつやとして無造作な、おそらく天然のウェーブだ。少し首をかしげて見つめられると、なんだかとろっとする。

Rはおそらく潔癖症だ。髪はいつも同じ長さ、同じ形。爪も短く切り揃えてあって、健康的な桃色である。甘皮のささくれなどぜんぜんない。手入れがいいのか生まれつきなのか、肌も唇もしっとりしている。化粧品ではなく石鹸《せっけん》か洗濯洗剤のようないいにおいが、ときどきふわっとする。

とにもかくにもその見た目から出てくる言葉は——、甘さと清潔感。こんな言葉で形容される男はめったにいないだろう。増田と二人でレジに並んでいるのを見ると、年の差はあれ、こうまで違うかとあきれる。冗談みたいである。

Rはけっして愛想はよくない。めったに笑わない。だが、もともとほんのりとほほえんでいるような顔である。ゆえにもって作り笑いをする必要もない。

おそらくその内面には、つねになんの揺らぎも波立ちも起こっていないのだろう。しかし、そんな無感動な人間には一見みえない。

だから、なおのことわかりにくい。その無作為、無造作のようなもののどこまでが本物で、どこまでが演技なのか。疑いはじめるとすべてが疑わしい。

わからないと思いながら、顔を見るといつの間にか釣り込まれて、茫然としている。

3

路上に車を止める気配がして、中年の男性が入ってきた。

「いらっしゃいませ」

道を尋ねたい人らしい。カウンターの端の給湯ポットのところに立って、レジのRを手招きした。

「お兄ちゃん、K温泉、どうやって行けばいいの」

中央道のKのインターチェンジの近くに、大きなスパ施設があるのである。右方向から来た車だ。西国分寺《にしこくぶんじ》のほうから迷い込んできたのだろう。

Rはこういうコミュニケーションはあまりうまくない。微妙に待たせた挙げ句、すげない返答をしたりする。

そっと様子をうかがっていたら、案の定、しばらく考えた末に熱のこもらぬ顔で、

「さあ、わかんないです」

と、言った。

ああ――、またやった。

教えてくれるのが当然とばかりに待っていた相手は、あきらかにムッとした。「おまえ地元だろう」という思いと、「その態度はなんだ」という思いが半々である。

そのムッの上に、Rは重ねて、

「そこに交番ありますから」

と、言った。

相手はさらにムッとした。

女には神秘に見えるその顔が、こういう場合は逆効果になる。Rは男には人気がない。

Rがお客を感じ悪くあしらっているのに気づいて、あわてて啓太が事務室から飛び出してきた。

八の字の眉をさらに下げて、「らっしゃいませい」と八百屋の兄さんみたいにぽ、ぽんと手を叩いた。

「どちらに行かれたいんでしょう」

Rの三倍の音量で対応する。

コンビニの仕事には、道案内のサービスは含まれていない。

――知りたければ、交番で訊け。

Rの言い分は正しい。だが、二十四時間地元密着の商売としては、そういう親切さがまわりまわって繁盛につながったりする。ミニ店長の啓太はなおさらそう考えている。

「ハイハイ、K温泉。でしたらこの先の交差点を左折して、大学通りをしばらく直進していただいて……」

先輩に引き取られた些事《さじ》のような大事のような案件を、Rはさしたる情熱もなげに見ている。

第三章　金魚

1

目が覚めたら、すでに正午に近かった。

薄暗い。ほとほとと窓を打つ音がする。

雨?

カーテンをうすく開けて覗くと、細かい水滴がガラスを伝っている。その視線の先に、干しっぱなしの洗濯物が雨に濡《ぬ》れて揺れている。

——ああ。

マドラスチェックのシャツ。Tシャツ。バスタオル。トランクス。そして白のスニーカー。

——まただ。

向かいのアパートのベランダに並んでしおれている、十いくつかの衣類の悲しみ。あるいは、無実の罪で裁かれた理不尽な縊死《いし》。Rの部屋だ。出かけているのか。留守なのだろうか。R。

洗濯物は昨日の昼間、すでに干してあった。ということは、一昼夜そのまんまということだ。

しょっちゅうなのだ。忘れてしまうのか。いったいどういう心なのだろう。すうっと腕の後ろが寒くなる。

一カ月前――。

辻が突き止めたRの勤め先のコンビニにやってきた。その足でRの住まいにまわった。店の並びの文具店と整体院の間を左に折れ、次の路地をまた左に折れる。歩いて三分もかからなかった。

三階建ての鉄骨構造の、よくある四角い建物だった。壁面のところどころに亀裂が入っていて、各階の庇《ひさし》の端から経年を証《あか》す汚れの筋が斜めに走っていた。扉の間隔が狭いところからして、いかにも単身者用らしかった。

辻が少し首をあおって、「あそこだ」と言った。

「二階の、いちばん端」

扉の外に洗濯機が置いてある。廊下を見渡すと、洗濯機があるのは十二の扉のうち一階の一部屋と、二階のその部屋だけ。築三十五年という。来年取り壊しの予定で、いまは二部屋しか入居はないそうだった。

建物の薄い奥行きを眺めながら反対側にまわり込むと、西と北の二面に窓があった。西の窓にはエアコンの室外機を置くのがぎりぎりの、ベランダともいえないベランダもどきがついており、住人がいるという一階の一部屋だけガラス戸がはんぶん開いていた。ベランダに面した隣は空き地で、草ぼうぼうのしげみの中に、持ち主があるのかないのかわからぬ古い自転車が二台、埋《うず》もれていた。

辻が、

「じろじろ見ないで。さりげなくして」

下を向いたまま言った。

ゆっくりと歩きながら、路地を隔てた斜め向かいのマンションをちら、と見上げた。

「張り込むなら、あそこだな」

三階建ての最上階の角に、カーテンのかかっていない部屋があった。瀟洒《しょうしゃ》なレンガ造りのマンションである。

エントランスに「入居者募集／Kホームズ／042－×××－××××」と、看板が出ていた。

「借りるか？」

辻が笑った。

冗談だよ――、と言い足す前に、もう番号をメモしていた。

2

一週間後に賃貸契約して、すぐ引っ越した。

といっても、運んだのはおのれの身と愛猫のミャウだけ。家財はほとんど日野の自宅に置いたままだ。

一人暮らしなのに2LDKの六十平米もあって、がらんどうである。家賃は九万円。こんなに広くなくていいからあと二万円安ければと思うが、しかたがない。

家具はホームセンターで買った布団一組と、衣裳《いしょう》の収納ボックス二つと、ローテーブル。家電量販店で買った小型の冷蔵庫と、洗濯機と、電子レンジ。あとは、壁際に積み重ねられたままの八個の段ボール。それだけ。

この部屋のことは、私と辻しか知らない。

娘のかたきを張り込むために引っ越したなんて、あさましくて誰にも言えたものではない。修司にも言っていない。退職した会社の同僚にも言っていない。奈々子にも言っていない。

中年で、無職で、独り身の女となると、ふつう賃貸物件は貸してくれない。辻の入れ知恵で八王子の実家の会社の役員ということにした。じじついまもそのような名目になっているので、虚偽ではない。年収は五百万円とした。これは大ウソ。誰にも内緒の契約だから、保証人がいない。困っていたら辻がなってくれた。親切な人だと感謝したが、そうでもないのだろう。これも料金のうちだ。

引っ越してすぐ、Rと同じコンビニで働きはじめた。

フルタイムに近い形にしたくて、土日以外の週五日、一日六、七時間勤務を希望した。収入のこともあるが、より精細にRを観察したい。それでもシフトの関係でRと勤務が重なるのは週三日の数時間しかない。補助として向かいの部屋を借りたのは正解だった。二十四時間監視できるわけではないが、気づくことも少なくない。

「あやしまれないように、用心して」

張り込みのポイントのようなものを、辻からこまごまと含められた。

Rの部屋のほうに向いている窓はぜったいに開けないこと。できれば昼間もカーテンを閉めたままにすること。暗いのがいやならまったく透けないタイプの白のカーテンをつけること。夜覗くときは、必ず電気をすべて消してから覗くこと。単純だが、重要だ。

路上でRに出会ったら、うろたえずに「あら、おうちこのへん？　近所ね」くらいのせりふをむしろうれしそうに言うこと。これだけ至近なのだ。いつか必ず出会うだろう。路上で出会わないまでも、仕事中に住まいについての話題が出るかもしれない。そういうときの返答も事前に準備しておくこと。

娘の自殺の話はもちろん、娘がいたこと自体秘密にすること。

面接では、こんなシナリオにした。

「病気をして会社勤めを辞め、しばらく実家のある八王子に戻っていた。恢復《かいふく》したので一人暮らしを始めた。試運転としてこの店に応募した。しばらく家にこもっていたので引っ込み思案になってしまった。少し声を出す仕事がしたい」

なんの病気か訊かれたときは、子宮筋腫と答えること。婦人科の病気は深入りされにくいからだ。ガンでは深刻すぎる。慢性病は敬遠される。

名前も「藤井」から「坂井」に変えた。Rに楓子の母親とカンづかれたら困る。言い間違ったり、銀行の口座名義との齟齬《そご》を指摘されたら、「旧姓です」と切り抜けること。「さいきん離婚したばかりなので」と言えば、たいてい相手のほうが質問を遠慮する。表札は出さぬこと。すべて念の入った辻の入れ知恵。

生まれてこのかた嘘はいけないと思いつづけてきたのに、この年になって嘘ばかりついている。一つ嘘をつくとそれをカバーするためにどんどん嘘を上塗りする。そのうちに、だんだん嘘をついている感覚も麻痺していく。

勤めはじめてから一日も休まず、遅刻もしていない。

もともと私は働くことが好きだ。そのほうが精神が安定する。むしろ休み方のほうがわからない。なにもせずに座っていると、頭の中に隙間ができてむくむくと不安になる。

それを吹き飛ばすようにむやみに働くほうがいい。おかげで仕事はかなり早く覚えられた。

死人のごとく横たわっていた去年一年にくらべれば、ずいぶん健康になった。さいきんは毎日掃除もする。料理もする。お風呂にも入る。新聞も読む。

しかし、元気が戻ってきたことに疑問もよぎる。それはよろこぶべきなのか。娘のかたきを虎視《こし》眈々《たんたん》と狙うことに生き生きしているなんて。

見かけのうえではわりあい規則正しい生活をしている。だが、がんばればがんばるほどまともな暮らしをしている気にならない。世をあざむいている犯罪者の気分だ。

3

店の少し先、大学通りとの交差点のところに交番がある。温顔の初老の警官と、元気な若い警官がいる。初老の警官は動物に好かれるらしく、見るたびに住民の散歩の犬に飛びつかれている。犬のおまわりさん。そんな童謡があった。楓子が好きだった。若い警官のほうはたいてい後ろ手して胸を張って、入口に立っている。

以前だったら挨拶くらいしたかもしれない。頭も下げたかもしれない。でもいまは注意を引きたくない。毎日のように前を通るが、身を縮めてサッと通りすぎる。

ふたたびカーテンを細く開けて覗く。変化はない。哀れな衣類たちはあいかわらず雨に打たれたままだ。

この部屋からは、Rの部屋の二つの窓をありありと見下ろせる。しかし、玄関は反対側なので出入りの様子を見ることはできない。来客があってもわからない。

張り込みというのはあんがい地味なものだ。やってみてわかった。映画や小説のようなすごいことは起こらない。

見下ろす窓は磨りガラスだから、昼間の様子はうかがえない。いるのかいないのかもわからない。夜は明かりでシルエットが見えそうなものだが、必ずカーテンを閉めるからやっぱり見えない。だったら見張る意味はないかといえば、そんなことはない。人物はあきらかに見えずとも、いろんなことが観察できる。じわじわと性格がわかってくる。

Rはかなり慎重だ。

たとえばカーテンの閉め方。端から端まで一ミリの隙間もできぬよう、きっちりと閉めている。しかも、光がまったく透けない。遮光カーテンだろう。若い男が覗かれることにここまで神経質になるだろうか。これまでの一カ月間、一度も隙間を見たことがない。

しかし、カーテンレールとカーテンの間が雲形の細い明かりの筋になる。こちらの部屋が上でよかった。下から見上げるのだったら、夜もいるのかいないのか判別できなかったかもしれない。

ときおりその筋が瞬くように光る。部屋を暗くして映画かなにか見ているのだろうか。それともゲームか。あるいはもっと別のことか。妄想がふくらむ。

そして、異様なのが――。

洗濯物だ。

まずその干し方。シャツやTシャツは一枚ずつハンガーにかけて、ぴしりと並べて吊るしてある。タオルはタオル、靴下は靴下。同じ形のものを分けて物干しピンチにはさむ。ジーンズは裾が上。裾を上にして干すと、ウエスト部分の重みで脚がまっすぐに伸びるのだ。ずいぶん細かいことを知っている。

幅の狭いベランダはただのお飾りで踏み出すことはできないので、部屋の内側から手を伸ばして直接軒下の物干し竿《ざお》に吊るす。長い腕がにゅっと出るのがたまに見える。動作するからだのシルエットもあいまいにうかがえる。顔までは見えない。

次に、量。なぜだかわからぬが一人暮らしのわりには多い。一日おきくらいにそこそこの量を干している。ということは、一日に一度以上着替え、そのたびに洗っているということか。

にもかかわらず――。

そのようにまめに洗い、几帳面に干したそれらを、しばしば取り込まないのである。

いまも雨に打たれている。取り込み忘れたから、雨に濡れているのか。雨に濡れたから、取り込むのをやめたのか。

Rの生活は比較的規則正しい。だいたい毎日、午前一時から二時の間に電気が消える。こちらはそれを確認してから寝るので、毎日二時過ぎくらいに消灯することになる。

4

ぞくぞくと底冷えがする。

にわかに尿意をもよおしてトイレに入った。とたん、うっと沁みた。

——あ……そうか。昨日。

壁にかけた小さなカレンダーを見る。

三月二十三日。

前月をめくった。二月二十三日に×印がついている。辻とそういうなりゆきになった最初の日だ。

いったいどういうことだろう。離婚してから十年以上もこんなことには縁がなかったというのに、いまごろになって——。わけがわからない。呆然とする。

追跡だとか、張り込みだとか、似合わぬことを始めてからどんどん自分が変わっていく気がする。そら恐ろしい。

どういうつもりなんだろう、とも思う。

けれど。

いい。もういい。意味なんてないのだ。惚《ほ》れたはれたじゃないのだ。私はいったいいくつだ。悩むような年か。

食いものにされているのか？　仮にそうだとしてもそれがなんだ。とにもかくにもこちらがクライアントなのだ。強気でいればいい。こんなことが真相に近づくためのいくらかの足しになるなら、けっこうではないか。

昨日の23の数字の下に、二個目の×をつけた。

5

まったく不明だったRの前歴も、いまはある程度わかっている。

一九九五年一月八日生まれ。出生地は群馬県高崎市。父親は同市内で飲食店を営んでいたが、Rが幼稚園のころ失敗し、その後不動産業、金融業などを渡り歩いた。母親は中学校の美術の教師で、二人はRが小学四年生のとき離婚した。理由は父親の家庭内暴力とみられる。父親は酒に酔っては妻と子に殴る蹴るの暴行を繰り返していたという。

その後Rは母親とともに、母親の実家に近い千葉県柏市に引っ越した。

中学二年生のとき、母親が謎の焼死をとげた。自宅に火災が起こり、逃げ遅れたのである。事件が起こったのは昼間だったが、当時母親はうつ病で睡眠薬を飲んで就寝中だった。出火の原因は放火とみられ、父親が犯人として疑われたが、行方不明のままいまも捕まっていない。

事件ののちRは母方の祖父母に引き取られ、同県の松戸市で暮らす。祖父母は千葉県や東京都北部に不動産物件を多数持っており、かなりの資産家。そのため、Rは金だけ与えられて放任、という環境で過ごすようになった。

二〇一〇年四月、県内の私立高校に入学。二年生の秋に不登校になり、そのまま中退。しばらく引きこもりを続けたのち、二〇一二年十月、東京都荒川区南千住に引っ越し、通信制高校に編入学した。スクーリング校は墨田区。そのかたわら、住まいに近いコンビニエンスストアでアルバイトを始めた。

小学校、中学校、高校ともに引っ越しや転校が多く、長くつきあっている友人はいない。学業成績は中の上。母親が美術教師だったため絵が得意で、中学校も高校もアニメ部に所属していた。

二〇一三年一月、藤井楓子の自殺ののち、東京西郊のK市に引っ越し、現コンビニSマートで働きはじめた。Rの在籍する通信制高校は広域制でK市に本校がある。RがK

市を選んだのはその利便のためと推測される。二〇一四年三月下旬、卒業予定。

現在は週三回のコンビニ勤務のほか、週一、二回コンピュータゲームの会社でデバッガーのアルバイトもしている。プログラマーなどの仲間が数人おり、ときおり秋葉原の喫茶店で打ちあわせをしている。ネットゲーム、同人のノベルゲーム、アダルトゲーム、携帯のモバイルゲームなども含まれる模様。

祖母は二年前に他界。祖父は松戸市に在住。

現居住のアパートは祖父の所有物件ではない。家賃は五万円。コンビニ勤務とゲーム関係のアルバイトの収入は月に十万円程度と思われるため、依然として祖父からの生活費の援助が継続していると推測される。

6

辻の報告は基本的に文書《ペーパー》で、未確認事項や不明事項は文字にしないので、直接会って説明を聞くことになる。メールの添付ファイルなどは使わない。写真や地図なども現物のやりとりである。郵送もしない。電話でも話さない。ローテクのようだが、どこで情報漏洩《ろうえい》が起こるかわからないため、この方法がいちばんよいという。メールや電話を使うのは面会の日時を決めるときだけ。

おおむねは個別の案件ごとに代価を支払う。基本の調査料の上に交通費、材料費などの実費が加算される。今日までにすでに二百万円近く払っている。高いのか安いのか見当もつかないが、そうとう危ない橋も渡っているらしきことを考えると、暴利をむさぼっているとも思えない。

辻は刑事あがりだそうだ。私にはこの仕事のからくりはさっぱりわからないが、なにかつてがあるのだろう。助手が二人いて、一人は元司法書士、一人は元コンピュータのSEという。

初めて本郷の事務所で相談したとき、「あらかじめ、いくつか断っておきます」と言われた。

「値段はあってないようなもので、ケースバイケースと思ってください。それなりにいただきます。しかし、もらっただけのことはやります」

「もういいと思ったら、早めにストップをかけてください。やめろと言われるまで続行します」

「おれは口が悪い。敬語の使い方がわからない。それが不快だったらやめてください」

「情報入手の仕方が裏口だから、裁判で使える証拠にはなりません。ときにはなぜか採用されることもあるけどね」

脅しのような、警告のような前置きであった。以前だったら騙されるのが恐くて尻込みしただろう。だが、いまは感覚が麻痺したのか肝が据わったのか、なにも感じない。ぜんぶ承知しますからやってくださいと答えた。なにをためらう。いけいけどんどんだ。多少胡散《うさん》くさくても、私があてにできるのはもはやこの男しかいないのだから。

7

昨日も、新しい情報が三つあった。

連絡を受けて、新宿西口に行った。都内にチェーン展開している談話室ふうの喫茶店で待ちあわせた。いちばん奥の日立たないボックスで、辻が翳《かげ》のように待っていた。やぼったい店だが、照明が暗く座席の間隔が広いから人目が気にならず、こういう打ちあわせにいいそうだ。

テーブルの上に報告書の茶封筒が三つ載っていた。楽しい話は一つもなかった。気分がぐうっと下降するようなものばかり。

一つ目は、Rが中学二年生のときに放火で焼死した母親のことだった。その事件の半年前、母親は毒物をもってRを道連れに心中未遂をはかっていたそうだ。母親は夫と別れたあと精神的に混乱するようになり、かなり強い薬物の治療を受けていた。その影響もあってか、息子のRに病的に強い愛情を抱いていたという。

警察は放火の犯人は離婚した夫とみて捜査を進めたが、念のため息子のRにも事情を聞いた。すると、Rは次のように答えた。

「犯人なんて、ぼくは誰でもいいんです。それよりもぼくはお母さんがいなくなってくれて、ほっとしています。お母さんはずっとぼくを殺そうとしていました。恐かった。ぼくは死にたくありません」

答えている間じゅうまったく目をそらさず、うっすらとほほえんでいるようだった。

どんな込みいった事情があるにせよ、母親が非業の死を遂げた直後にこの態度は冷淡すぎる。刑事は、もしかすると放火犯は夫ではなくこの少年ではないかと疑った。しかし、仮にそうであったとしても、十三歳だから罪には問われない。ある見方をすれば、それがわかっているからわざと犯人と疑われかねないせりふを遊んでいるのではないかとも思われ、薄気味が悪かったという。

二つ目は、ある少年グループによるリンチ殺人のことだった。

母親の焼死事件の翌年、Rが中学三年生のとき、同じ学校の同級生が無職の少年三人に残虐無比の暴行を受けて死亡する事件があった。Rは犯人とも被害者ともつきあいはなかったが、たまたま部活動で遅くなった帰り道、同じ部員のJとともに現場の公園を通りかかってとらえられた。二人は見張りをさせられ、被害少年が虫の息になったとき、「あとはおまえらが始末しろ」と残された。RとJは救急車を呼び、病院に同行した。

数時間後に少年は死亡した。

犯人三人は近隣でも有名な不良グループで、審判で少年院への送致が決まった。RとJはなにも問われなかった。

が、その後、被害少年の母親が「見張りをした二人にも友達を見殺しにした咎《とが》はある」として五人全員を相手取って損害賠償請求をしようとした。

すると、Rはこう反論した。

「おばさんもご存じのように、あいつらはものすごく狂暴なんです。脳味噌《のうみそ》が豆腐みたいになるまでやるんです。顔がなくなるまでやるんです。もしあのときぼくらが止めに入ってたら、ぼくらも確実に殺されてました。おばさんは、被害者は一人じゃなくて三人のほうがよかったんですか」

母親はぐうの音《ね》も出ず、同席して聞いていたJは唖然とした。

Jによると、事件のとき、Rは袋叩きに遭っている少年をまじろぎもせず見ていたそうだ。そして、病院の帰りにファミリーレストランに寄ると、即座にスケッチブックを取り出し、いま見た暴行場面を描きはじめた。

「取り憑かれたみたいに描いてた。めっちゃリアルでうまかったです。こいつ冷静に見てたんだなって、ゾーッとした」

三つ目は、Rが高校を二年で中退する原因になった事件のことだった。

当時、Rのクラスは女性の新任教師が受け持っており、家庭環境の複雑なRに親身に接するうち恋愛感情を抱くようになった。やがて肉体関係を持つに至り、それが発覚して教師は学校を辞めることになった。

Rのほうは女性教師が辞めたのちも通学していたが、やがて卑猥《ひわい》な噂《うわさ》が学校の裏サイトで広がり、それが原因で不登校になり、数カ月後に退学した。

三件の説明を終えると、

「けっこう頭のいいやつかもしれない」

と、辻が言った。

「冷血だけど、ただの冷血じゃない。自分が罪に問われないところをちゃんと選《よ》って遊んでいるようだ。お嬢さんのときもそうだったよね。バカなやつは自分のせいで相手が自殺したと思われまいとして、つきあっていたというほどでもありませんとか、自分の赤ん坊かどうかわかりませんとか、悪あがきのようなことを言ってしまう。でも、やつはいずればれそうなことは最初から肯定して、証拠のないところだけ否定してる。じたばたせず神妙にして心証をよくするほうが得策だと知ってる」

同感だった。

とても気分が悪かった。

8

便座に座ったまま、漫然と考えつづけた。

ふいに、

「痛いだろ」

辻の低い声がよみがえった。

一カ月ほど前の、初めての日。そそくさと身じまいをしてトイレから戻ってきた私を見て、辻が言ったのだ。そのとおりだった。今日よりももう少し痛かった。

「え……」

返す言葉がなかった。

「あんまりやってない人は誰でもそうだ」

ひやかしではないと言いたいのか、半身起き直って殊勝な顔をしていた。

「お嬢さんが亡くなったときの軽微な裂傷ってやつね。その程度なんだよ。あんたがいまおれに殺されたら、検死にたぶんそう書かれる。これは強姦か？」

あっ、と思った。

「違うだろ」

そういうことなのか。

「だからって、愛しあってる恋人どうしでもない」

それを言うために、わざわざこんなところへ来たのか。

問答無用の模擬実験だった。事件性はないとして相手にされなかったのも無理なかったのかもしれない。かたわらのソファにへなへなと座り込んだ——。

その日の午後、私は辻の事務所で一連の報告を聞き、そのあと細かい質問をするうちにむらむらと怒りがこみあげ、憤懣《ふんまん》を訴えはじめたら止まらなくなったのである。

なぜ、楓子は——。

どうして、Rは——。

食らいつくように、噛《か》みつくように、相手に次々言葉を投げた。

けっきょく二人はどういう関係だったのか。彼らの間にはまがりなりにも数カ月のつきあいがあった。ゆきずりの仲ではない。真夜中に会いにいったりもしている。熱愛ではないにせよ、それなりに親密であった。なのに、楓子はなぜ死なねばならなかったのか。

楓子はRの部屋を訪ねた直後に自殺している。それはなにを意味するのか。

セックスによって仲の冷えた恋人のよりが戻ったという話はよく聞く。しかし、その逆になるとはどういうことか。いったい二人はなにをしていたのか。

楓子は無理やり肉体を強要されつづけていたのか。――あの縄の痕。

だが、それもおかしい。楓子は意志が堅固だ。剛直な性格だ。ガキ大将の男の子を平手打ちして撃退するくらいだ。怒り狂っている相手にも臆さず立ち向かっていく度胸がある。よほどひどい脅迫でもされない限り、いやなことに何カ月も屈しつづけていたとは思えない。

だったら、どういうことになるのか？　理解できない。納得できない。

わからない。まったくわからない。頭がおかしくなりそうだ。

しゃべっているうちに、興奮して泣けてきた。泣きだしたら止まらなくなった。

辻は黙って聞いていたが、やがて、送っていこうと立ちあがった。

私が車の助手席におさまると、シートベルト、とうながし、自分もカチリと装着し、ミラーを合わせながら、「知りたければ――」と言った。

「もうちょっと、教えようか」

9

軽微な裂傷――。

思わぬことを教授されてソファに座り込んだ私に向かって、辻は、「それ――」とさらに言った。

「え？」

上げた顔と顔が合うと、かたわらのテーブルを顎でうながした。

「見てみな」

示された場所を見やると、つるつるしたラミネートでコートされたファミリーレストランのメニューのようなものが置かれてあった。

「いろんなもの、貸してくれるってあるだろう」

そのようだ。

「コスプレもある。手錠もある。ロープもある。鞭《むち》もある」

本当だ。

「有料だけどね。でも、仮にただでここに置いてあったら、たいていのやつが使ってみると思わないか」

あ——。

「だからね、そんなに特殊なことじゃないんだよ。あんたが思ってるよりずっとふつうのことなんだ。それは、強姦か」

たしかに。

けれど、Rはともかくとして、楓子がそんな遊びに耽《ふけ》るなんて——。

「わからないけどね。あんたのお嬢さんがいかに優等生でも、惚れた男の趣味がそうであればやるんじゃないの。いやだったらとっとと別れてるさ」

そうかもしれない。

「それに——」

真顔で言っている。

「変態はみな暴力的かといったら、そんなに単純じゃない。全員が全員、相手に首輪つけて鎖つけて、いろんなものをいろんなところに突っ込むか。そういうことじゃない」

返答に困った。

「お嬢さんの場合、傷はほとんどついてなかったね」

「ええ」

「ものすごくたんねんなサディストもいる」

淫靡《いんび》なことを言った。

「そんな……。Rは十八よ」

「年は関係ない。こういうのは生まれつきなんだ」

また答えに窮した。しかし、そのとおりだからこそ、楓子はRとつきあっていることを黙っていたのかもしれない。

「ま、それだけじゃない。ひっかかることはまだある。お嬢さんの妊娠のことも——」

そうだった。その問題が残っている。楓子はわかっていたのか。Rは知っていたのか。

刑事の質問に対して、Rは知らなかったと答えている。だが、本当なのか。自殺のときの二人の認識がどうであったかによって攻め口は変わってくるだろう。

「これを調べるのはちょっと面倒だ。じゃっかん金がかかるかもしれないが、続行でいいんだろ？」

「もちろんです」

辻が即座に返してきた。

「お嬢さんの生理の周期はわかる？　とくに不順だったというようなことは？」

いったいなにを調べる気なのだろう。薄気味が悪かった。が、同時にものすごく期待がふくらむ気もした。

さいきんはわからないが、高校生のころは二十八日か二十九日だったと思うと答えた。

——もう、なんでもやってちょうだい。

10

便座に座ったまま考えつづけた。

昨日。

そういえば、終わったあとうとうとして夢を見た。

ベッドの柵に手を縛られている女の子がいて、こちらを向いたら――。

楓子だった。

アッと思って駆け寄ろうとすると、

「いやね、お母さん。これレイプじゃないのよ。お母さんだってやってるじゃない」

ふふふ、と笑った。

なにを言うの、とたじろぐと、楓子の両脚の間に入っている男が、

「そうさ、いやなら断ったらいいんだ。断られたっておれは仕事はちゃんとやる。質は落とさない。料金を変えたりもしない」

と、こちらを向いた。

――えっ。

眼鏡をかけていて、やや頬のこけた、翳のようなおもざしの――、
辻だった。

しかも、楓子ではなく私の両脚の間に入っている。

ぎょっとしてはね起きたら同じ顔が隣にあって、ひっと飛びのいた。

「なんだよ」

ムッとした声が出た。

「いえ、あの、すみません」

とんちんかんである。

いったいなにをやっているんだろう。

「私、ずいぶん寝てましたか」

「いや、十分ぐらいじゃないか」

ややおいて、辻が言った。

「あんた、元気になったな。二カ月前は死にそうだったけど」

うなずいた。そして、どういう意味だろうと赤面した。

辻は奇妙な男である。得体が知れないようでいて、そうでもないようである。胡乱《うろん》なようでいて、誠実のようでもある。信用できないようでいて、信用していいと思わせるものもある。なにも知らないのに、昔から知っているような気もする。たとえて言えば三十年前の小学校の同級生で、そのころは口もきいたことがなかったのに、いまなぜかつきあっている――、という感じか。

ふいに、壁の向こうであやしい声がしはじめた。

なにか話題を出さなければとあせった。波のような壁紙の模様を目で追ううちに、螺《ら》旋《せん》がうねうね動いている気がして奇天烈《きてれつ》に動転した。

辻は慣れているのか、微動だにしない。

「辻さんのところの、あの宣伝コピー」

本郷の事務所の前の電柱にささっていたチラシのことを言った。

「自殺の理由を調べますってありましたね。たくさん調査されてるんですか」

「けっこうあるよ。なぜ」

「なぜって――」

口ごもった。

「言えよ」

背を押されて、言葉がついと出た。

「私――、そんなに、だめな母親でしょうか」

楓子の法事のときに修司と喧嘩していらい、禁句のように避けてきた文言だった。

「正直言って、私、楓子に死なれるまでそれほど無能な親だとは思ってなかったんです。それなりにちゃんとしてるかなって。けっこうがんばってるかなって。でも、とんでもなかった。とんでもなくて、こんなことになってしまった。ほんとにおめでたい。私、そんなにだめでしょうか」

場所が本音を言わせていた。

枕の上の相手の頭が、ちら、と動いた。

「そんなことないだろ」

否定してくれたつもりか。

「じゃ、どうして楓子はなにも相談してくれなかったんでしょう」

もうひといき食い下がった。

すると、きわめてサラリと返事が返った。

「死にたい人間は、誰がどう説得したって死ぬ。あんたのせいじゃない」

励ましたつもりだろうか。

「じゃ、せめて遺書を残してくれたらいいのに。理由がわかればこんなに悩まないですんだのに」

またちら、と頭が動いた。

「どうして遺書がないか？」

「ええ」

須臾《しゅゆ》の沈黙があった。

「自殺する人間は遺書を書くってのは大いなる誤解でね。書かないで死ぬ人のほうが多いくらいなんだ」

――え。

「そうなんですか」

「だから、うちみたいなところへの依頼も多い」

私は遺書のあるなしが自殺の決め手だとすら思っていた。

「自殺ってのは、死ぬ以外にぜったいに道はないってくらい、ぎりぎりに気持ちが切羽《せっぱ》つまったときにやるんだ。そのときその人に自分の姿は見えてない。ましてや残された者のことを考える余裕なんてない」

「すべて見失ってるってことですか」

「ああ。いっぽう、遺書を書くってのは冷静に自分を見つめる行為だ。自分が死んだあとの家族のことを思いやったりもする。だから書いてるうちに気持ちが整理されて、ときには死ぬ気が失《う》せることもある。きちんとした遺書を書こうとするほどそうなる。そんな余地もなく、一足飛びに崖から飛び降りるのを自殺というんだ」

ああ——。そうかもしれない。

「だから、あの人はどうして死んだのかと問うのは不毛だよ。いみない。どうしてもこうしてもない。死にたい人間はどうやったって死ぬんだ。こんなことまでするかってまわりが驚くくらいのことをしてまで死ぬ。止められない」

遺族本人を目の前にして言葉を選ぶ気もないらしい。身も蓋もない。でもたぶん本当のことだ。

「じゃ、周囲の人間はどうやっても無力なんですね」

からだじゅうの力が抜ける気がした。

すると、多少押し戻す気配が起こった。

「いや、理由はあるんだよ。だけど——、地震みたいなものでね」

おかしな比喩が出た。

「え」

「予知できない。予防もできない。あとづけしかなくて、なにを言ってもあとの祭りだ」

もっと身も蓋もないじゃないか。

ふいに、ととん、ととん、とドアを叩く音がした。

ぎょっとして、われに返った。

ミャウだった。必死で扉の隙間を掻《か》いている。

——おかあさん、はやくでてきてください。

ドアノブを下げてやると、ぶちの頭が覗いて「なにしてますか」と言った。

カレンダーに×をつけたペンを手にしたまま固まっていた。

さむい。風邪《かぜ》をひく。

トイレの水をもう一度儀式みたいに流して、猫といっしょに立ちあがった。

11

雨もよいだから、日が暮れるのが早い。

四時だ。もう五時過ぎかと思った。仕事に出かけるまであと一時間以上ある。

コーヒーをいれて、がらんどうの部屋にぺたりと座る。テーブルに肘をついて顎をもたせたら、夢の続きを追うように、また先ほどの想念の後方《しりえ》に心がまといついていった。

「もう一つ、教えようか」

と、辻が言った。

「お嬢さんはあんたにかたきをとってくれとは、たぶん思ってないよ」

意外なせりふを聞いた気がした。

「そうでしょうか」

だったら楓子はなにを望んでいる？

「そうだよ。そういうふうに感じるのは、愛するわが子になにもしてやらないのが耐えがたいからだ。すべてはこちらの罪悪感のなせるわざさ」

請負人の口から出るにはふさわしくない言葉だと思った。

「だったら、辻さんが調べる意味もないじゃありませんか」

するとと、それは違う、と即座に否定された。

「いちばんだいじなのは、あいつを追跡することがいまのあんたの生きる力になってるってことだ。正直、憎しみはエネルギーになるよ。誰かを憎んでいるとき、人は死ぬことを忘れる。逆に、あきらめたらあの世へ一直線だ。あんたはなにも悪くない。にもかかわらず、絶望して死にそうだった。誰かを恨んでるほうがましだ。おれはあんたに死んでほしくない。だから協力することにした。お嬢さんのためじゃない。あんたのため。だってあんたが依頼人だもの」

さらに言った。

「あんたは勇気がある。おれがこの世でいちばん好きなのは勇気だ」

また意外なせりふを聞いた気がした。ドジで向こうみずな大馬鹿者と思われているかと思った。

とつぜん、隣の部屋で女の高い笑い声がした。続いて合図のようなものが聞こえ、また笑い声が起こった。二人ではない。三人以上のようである。

顔を見合わせた。

「撮影かなんかだろう」

辻は表情も変えず、あいつはね――と、話題を戻した。

「不登校だし、転校も多いし、引きこもりにもなってる。さいきんの犯罪少年はそういうのが多いよ。たいていオタクだ。現実と空想の区別がつかないようなさ。あるじゃない、ネット廃人とか。だけど、やつはそういうタイプともちょっと違う気がおれはする。もっとある種の現実味を感じるよ。少なくともやつはネットとかゲームとかに一方的に遊ばれてない。そういうものにドン浸りになりながら、それよりも現実のほうがおもしろいと知ってる。それはリア充とかいうものともぜんぜん違って、もっと悪趣味でたちの悪い――、まあ、やつの場合はイケメンだから、とくに女の子に対しておのずとそうなるのかもしれないが」

言っている意味がよくわからなかった。しかし、わけもなく恐ろしくて、鳥肌が立った。

辻によると、Rの秋葉原の仲間の中にハッカーであげられた前科のある男がいるという。そこへ近づけたら、Rの新しい情報をなにか訊き出すことができるかもしれないとのことだった。

「ゲームっていえば、狙った女をひどい境遇に堕《お》としていくような趣向のがあるんだが、やつはそういうのがおもしろいのかもしれないね。ゲームじゃなくて現実にやるのがおもしろい。堅そうな子でやるのがおもしろい」

――堅そうな子を、堕とす？

カッとした。なんだそれは。

「冗談じゃないわ」

思わず怒声になった。なぜ楓子なのだ。ほかでやれほかで。ほかにそれなりの相手がいくらでもいるだろう。

「ほんとだな」

「そうよ」

「しかし、まあ、極端なことを言えば――」

辻がこちらを見た。

「あんたさえその気なら、おれはやつをやったっていいと思うよ。ムショに入る覚悟があるんなら。これはどのみち法ではかたづかない話だ。未成年とか、証拠不十分とか、そういう問題じゃない」

思わず、起き直った。

「やるって、殺すってことですか？」

「お。覚悟あんのか」

薄く笑った。

「無理よ」

「無理じゃないさ」

「どうやって？」

「そうだな――」

暫時あった。

「絞殺、銃殺は無理だ。けど、電車のホームから突き落とす。これはありだ。跡をつけてって、刃物で刺す。これもありだ。あるいは毒殺。除草剤とか殺虫剤とかの中には猛毒のがあるから、飲み物に混ぜる。これもあり。方法はいくらでもある」

――そうか。

――そういう復讐《ふくしゅう》。

考えてもみなかった。でも、そう言われればそうだ。その気になればできるのかもしれない。いや……。

――それを、復讐というのか。

絵空事でない恐怖が、喉元までせりあがった。

一カ月前に高速道路の上で考えた、競馬場の向こうの――。

ムショ。

自分のことだったのか。

いやおうなく運ばれていく。緑色の標識の矢印がさしている場所。

掛け布団を握りしめている両脇を冷や汗が伝い、頭の中がまっ白になった。

あわててベッドを飛び出し、服を拾い集めた。ブラジャーの背中が一めぐり裏返って、うまく留めらなかった。手が震えてストッキングが伝線した。バッグの口を開けて、わけもなく中身を確認した。運転免許証と……、保険証。キャッシュカード。ある。なにをするんだっけ。え……と、家のカギ。いったいなにをやっている。

――落ちつけ。

また壁の向こうで笑い声がした。おのれの素人くささをあざけられているようだった。

その笑い声を背景にまとって、辻が言った。

「そんなにおののかなくていい」

さらに、

「こういうことだって――」

悠然とつけ加えた。

「いやなら断ったらいいんだ。断られたっておれは仕事はちゃんとやる。質は落とさない。料金を変えたりもしない」

え――？　それはどこかで聞いたせりふではないか。

見返すと、

「断ったら調査してもらえなくなるとか思う必要ない。それとこれとは別だ」

時計を見て、ニッとした。

「急ぐなよ。まだ三十分あるじゃないか」

12

けっきょく、今日は一日じゅう雨だった。

仕事から戻ってすぐ風呂に入ったら、滲《にじ》むように疲れが溶け出し、そのまま眠り込みそうになった。だめだめ。かぶりを振ってバスタブからあがる。

いま、何時――？

洗面台の脇の時計を見る。

午前一時半。

その流れで洗面台の鏡に映っている自分を眺めた。くたびれ果てて目の下がくろずんでいる。口の両端が力なく下がってみえる。ろくに手入れもしていない眉はぼさぼさだ。

――ひどい顔。

辻はよくこんな……と思っていると、

「どうしてっ」

とつぜん窓の外で叫ぶ声がした。まただ。ときどき路上で騒ぐ女がいるのだ。ここへ越してきてから二度くらい聞いた気がする。

窓辺へ急ぎ、電気を消して、そっとカーテンの隙間から覗く。

白っぽい傘が目の下の通りを行ったり来たりしている。携帯電話に向かって怒声をあげている。

「……って、言ったじゃない」

「ウソつき！」

「……卑怯《ひきょう》よ」

金切り声がだんだん高くなる。周囲の窓の明かりが、二つ、三つ、つきはじめた。キイッと音がして、自転車に乗った警察官がやってきた。誰かが通報したのだろう。ほっそりとしたシルエット。背が高い。若いほうのおまわりさんだ。

女をしきりにさとしているようである。やがて、連れだって去っていった。

目を上げると、Rの部屋の電気はまだついている。

洗濯物は——、干しっぱなしだ。いったいどういう心理なのか。世の中にはいろいろな心の障害がある。これもなにかの症候群なのだろうか。

だしぬけに、辻が言った言葉を思い出した。

——堅そうな子を堕とすのがおもしろい。

それと関係するのか。

あるいは。

リンチされている同級生を、まじろぎもせず見つめていた。

あるいは。

自分を盲愛する母親を——、焼き殺した?

罪もない洗濯物たちが行儀よく並んでくびれている。雨に濡れたそれらを、Rはもう一度洗うのだろうか。それとも。

捨てるのか。

13

じとじとと鬱陶しい雨がいく日も続いたあと、久しぶりにからっと晴れた。

土曜日である。仕事はない。もうひと眠りしようか。

窓から路上を見下ろしたら。

——あっ。

Rだ。

つけてみよう。

あわてて部屋を出、エレベーターを降り、エントランスに立った。こうべをめぐらすと、めざす敵は五十メートルほど先の自動車道を左に曲がろうとしている。

追いかけて曲がり角に着くと、歩道を歩いている。ホッとして油断したら、横断歩道をサッと渡って通りの向こうの団地の中に見えなくなった。

長身だから歩幅が大きい。歩くのも速い。そんなことに初めて気がついた。急いで道路を横断して団地に入ったが、もうどこへ行ったのかわからなかった。

砂場で子供たちが遊んでいる。自転車に乗って往来する高校生。ゴミ袋を両手に持って階段を降りてくる主婦。ベンチに老人が二人腰かけて談笑している。

右、左。後ろ。また、右、左。ぐるぐると景色がまわる。どこで曲がったんだろう。一本先を抜けたのか。

間抜けのように立ちすくみ、尾行とはこんなに難しいのかと途方に暮れた。こんなことを辻は毎日やっているのか。私にはとても無理だ。

そのとき、いきなり電気に打たれたような気がした。

もしかして、つけられているのをRが気づいたのではないか。反射的に左右を見た。あるいは、こっちが逆につけられている？

どこからかこちらをうかがって、薄笑みを浮かべている。R。

――ああ、やめよう。

辻には危ないことはつつしめと言われている。よけいな質問もいけない。口ごもったり顔が赤くなったりしてすぐボロを出すと踏まれている。まったくの素人扱いだ。でもそのとおりだ。尾行したなんて言ったらどんなに怒るだろう。せっかくここまで来たのに、妙なことをして逃げられたら元も子もない。

まわりを見渡した。

初めて来た場所だ。どこだろう。

スマホを取り出して現在地を確認する。大きな半公営の団地の端のあたりだった。このまま南下していくと、JR南武線の線路に突き当たるようだ。

右手を見ると、建物の一階がショッピングモールになっている。なんとなくいざなわれて歩を進めた。

雑貨店、クリーニング店、自然食品の店……と続いて、小さなカフェがあった。ナチュラルなウッド調の店だ。店の外にもいくつかテラス席があって、若い女性が二人、おしゃべりしながらケーキを食べている。

通行人のそぶりで近寄って、格子のはまった窓ガラスからそっと店内を覗いた。すると――。

いた！

Rがいちばん奥の席で、うつむいて携帯電話に向かっていた。

苦笑した。こんなところにいたのか。バレたのではないかとか、こちらがつけられているのではないかとか、一人相撲してバカみたいだった。

ほっとしたら、せっかくだから少し歩いてみようという気になった。思えば引っ越してきて一ヵ月以上たつのに、街を探索したこともない。迷うだろうか。いや大丈夫。スマホがある。

引き返して、さらに南に向かった。

団地を抜けると大きな道路に行き当たった。太い桜並木がずらりと並んでいる。「さくら通り」と表示がある。よく見るとつぼみがふくらんで、赤みを帯びている。ああ、そうか。もう三月も末なのだ。じき花が咲くのだ。また春が来たのだ。

楓子――。

また春が来たよ。

でも。

楓子はもう桜を見ることもない。

去年の春――、いや去年ではない、おととしの春だ。楓子といっしょに桜を見たのは。なんて早いのだろう。いや、なんて最悪なのだろう。楓子のいない春がこれから毎年やってくる。そのたびに私は一人で桜を見るのだ。それにいったいなんの意味がある？

楓子には未来があった。希望があった。私には――。

なにもない。

なのに、なんで楓子が死んで、私が生きているんだろう。

さっきカフェのガラス越しに見た男の横顔を思い浮かべた。

14

桜並木の間に赤いものがちらりと動いた気がして、立ち止まった。

なに――？

近寄っていったら、三角屋根の教会だった。

赤いうろこの瓦の上に小さな十字架が載っている。絵本に出てくるような建物だ。木の扉のかたわらに看板が立てかけてあって、「汝《なんじ》の敵を愛せ」と大きな字で書いてある。題字の脇に、「三月二十八日　T・ロドリゲス神父」とある。昨日だ。ロドリゲス神父という人が、昨日そういうタイトルの講話をしたのだ。

――汝の敵を愛せ。

なんて言葉だ。こんなタイミングでこんな言葉に出くわす。できすぎだ。悪洒落《わるじやれ》だ。

Rのことを愛せというか？

どのくらいたたずんでいただろう。建物の際の鉄柵の向こうから、ふいに「コンニチハ」と声をかけられた。外国人の老齢の神父だ。困った。長居するのではなかった。

建物のまわりは花壇になっているらしい。黒い祭服の上に胸あてのエプロンをして、スコップを持っている。庭仕事をしていたようだ。

「すみません」と謝ると、「かまいませんよ」と近づいてきた。

七十は過ぎていそうだ。よく太っていて、色素が薄く肌がまっ白で、ピリピリと毛細血管の透けた桃色の頬をしている。白髪に近いプラチナブロンド。瞳はビー玉のように青く、それを縁取るまつ毛まで金色だ。間近で見ると見慣れない動物のような気がする。私は宗教は好きではない。好きでないというより音痴である。仏教と神道の違いもわからない。キリスト教などちんぷんかんぷんだ。でも、救われている人がたくさんいるのは知っている。刑務所の受刑者が最後にすがるのは宗教だと聞いたことがある。信ずれば奥深いものなのだろう。自分のような門外漢がうかつにものを言うべきではない。逃げるべし。早く帰ろう。

「近所に住んでいまして、たまたま通りかかったのです。失礼しました」

すると神父は、

「信者の方でなくとも、まったくかまいません。隣人はみな大歓迎です」

にっこりした。

「いえ、あの、申し訳ありません」と、身を返した。が、粘る蜘蛛《くも》の糸のようなものに絡みつかれて立ち止まった。振り返った。

「一つだけ、うかがってよろしいでしょうか」

黒衣の人の顔を見た。

「どうぞ」

青い瞳にスイッチが入って、迷える子羊を待ち受ける表情になった。

看板に一瞬目を当て、「あれは——」と訊いた。

「どういう意味でしょうか」

ああ、と神父はおうようにうなずいた。

「難しいことです」

「そう思います。だから、お尋ねしました」

「憎い人がいるのですか」

逆に訊かれた。

なんと答えたらよいのだろう。

神父が続けた。

「憎い気持ちを愛に転じるのは難しい。でも簡単な方法があります」

——え？

「どうするのですか」

思わず、食いついた。

「自分を責めるのをやめるのです。そうすれば、おのずと人を憎む気持ちも薄れる。誰かを憎む気持ちは、自責の念の裏返しであることが多い。責任感の強い人ほどそうです」

目からうろこが落ちた。

神父は両手のひらを上に向けて、肩をすくめた。

「わかったようなことを言って、ごめんなさいね。あなたは誰かを憎んでいるというより、自分を責めているように見えたから」

見透かされている気がした。カタコトの詐欺師みたいだ。

神父は肉づきのよい顎でうなずき、

「大丈夫。できますよ。それに——」

「なんでしょう」

「ご自分の答えを求めつづけるのはよいことです。なにかを求める気持ち。そこには必ず意味があります。いちばんいけないのは絶望です。あなたが求めることをやめませんように。私はお祈りしています」

西洋人式にワイドにほほえんだ。

「求めよ、さらば与えられんと、主はおっしゃっています」

ありがとうございます、と、こんどこそ去ろうとした。

すると、ちょっと待って、と制された。

「花はお嫌いですか」

と言うや、教会の中へ取って返し、すぐに戻ってきた。

「これをお持ちなさい。昨日、あの講演会で――」

後ろの看板を振り返り、

「たくさん鉢植えや花束をいただいたのです。おすそわけです」

大輪のユリの花が二本、英字新聞に包まれていた。

「すぐ枯れるでしょう。けど数日は心が楽しいですよ」

にっこりした。

「またいらっしゃい。待っています」

深くふかく頭を下げて辞した。

とぼとぼと神の家から遠ざかりながら、そういえば、探偵もいまの神父さんと同じようなことを言ったなと思った。いつか精神科で読んだ雑誌でも。

――絶望してはいけない。

そうなのだろうか。

花に鼻を寄せた。ふわっと高貴なにおいがした。

――自分を責めるな？

そんなこと、できるわけがない。Rがどんな男であるにせよ、楓子がどんなに傷ついたにせよ、私に力があれば楓子は死なずにすんだのだ。修司に責められたとおりだ。私は楓子を救えなかった。その事実はどうやったって変わらない。

さらに南へ向かい、多摩川まで歩いた。大きなホームセンターがあった。金魚二匹と、赤い縁のついたビードロの金魚鉢を買った。

15

花瓶に水を張り、ユリをいけた。

金魚鉢とどんぶりにも水を張り、金魚を一匹ずつ移した。どんぶりのほうには選ばれた金魚を放した。目の高さに掲げて、ごめんね、と謝った。

茶色の農薬のビンを手に取り、日に透かして傾けた。日野のマンションにいたとき、敷地の裏庭で農家の人に教わりながら共同菜園をやっていた。その倉庫にしのび込んで失敬してきた。ホテルで辻から入れ知恵された数日後に。

専門の人たちが特別に使っている強力な除草剤だと聞いていた。どのくらいが致死量なんだろう。リーダーのおじいさんに、危ないからあんたらはぜったいさわっちゃだめだと言われていた。量がわからない。原液なのだろうか。だったら少しでいいのか？

ゴム手袋をはめて、ヨーグルトの空の容器にたらたらっと移した。青い液だ。

恐るおそる鼻を近寄せた。においはほとんどない。コーヒーに入れたらまったくわからないだろう。

床にどんぶりを置いた。金魚が赤く泳いでいる。息を詰めて、容器の液体を慎重に加えた。一滴、二滴、三滴……。ざんにんな理科の実験。

一瞬あって、金魚がぴょん、とはねあがった。

赤い胴体とひらひらの尾っぽがスローモーションのごとくうねった。

その躍動で、水しぶきが床に散るのがあきらかに見えた。ゼリーで形づくったような、ぎざぎざのきれいな王冠《クラウン》。

その刹那――、

「だめっ!」

床に滑り込み、おのが身の下に金魚をかばった。

いや金魚をかばったのではない。金魚を狙って飛びかかってきた三毛猫をはねのけてかばった。

一分たったのか、十分たったのか。

われに返って身を起こしたら、金魚は腹の側を上に向けて死んでいた。一瞬、ひくっと動いた気がしたが、気のせいかもしれなかった。

カアッと逆上した。

ふにゃふにゃした赤いものをひったくって、もつれる足でベランダに走り、窓下の植え込みの中に投げ捨てた。地面に着地したかどうかわからなかった。キンモクセイの枝にひっかかったかもしれなかった。毒で死んだのか、干上がったせいで死んだのか、わからなかった。

テーブルの上にユリの花と金魚鉢が載っていて、もう一匹の金魚がなにも知らぬげに尾ひれをそよがせていた。白と赤の対照が絢爛《けんらん》に美しかった。その一匹でもう一度生体実験をする気には、とうていなれなかった。

飼い主の尋常ならぬ剣幕に恐れをなしたミャウはしっぽを三倍ほどにふくらませ、部屋の隅で唸っていた。

猛烈に吐き気がこみあげ、キッチンに駆けた。ゴム手袋をはずすのももどかしく、シンクの縁につかまって吐いた。しかし吐くほどのものもなくて、苦く黄色い胃液ばかりが涙といっしょに顎を伝った。

脱力して、床に両足を投げ出した。上半身を支えるのがやっとで、動くこともできなかった。

――またいらっしゃい。

と、神父は言った。

だが。

――教会へなど、行かれるものか。

尾行なんかして。監視なんかして。毒殺の練習なんかして。いい年してホテルなどへ行って。

私はいつの間にこんなに薄汚れたんだろう。いったいなにをやっているんだろう。自分なんぞが生きている意味があるのか。

絶望がいちばんいけないとみなが言う。でも、ほんとにそうなのか。復讐の心が絶望よりましなのか。とてもそうとは思えない。きれいな心のまま死んでしまうほうが、人間としてまっとうなのじゃないか。

自分こそ悪魔の心だ、と思った。

Sマート高校通り店

2014/5/5

8:00 p.m.

1

八時二十分。

夕飯どきの来客のピークが過ぎて、やや閑散としてきた。

Rがから揚げをつくっている。骨つき、骨なし、串刺し、いまだけスペシャルのスパイシー。今日はたくさん揚げても出ないだろうから、ぜんぶ二個ずつでお願いしますと啓太に指示されていた。

私はレジまわりの仕事をする。カウンターを拭き、小物を整頓し、ホットの飲料を補充し、ついでに缶ウォーマーをきれいにする。

終わって気をゆるめた瞬間、軽く眩暈《めまい》がする気がして電子レンジの上の面につかまった。薬の副作用だ。ちょっとした拍子に気が遠くなる。揮発《きはつ》性の薬品臭をずっとかぎつづけているような不快感がある。

首をまわし、そっと深呼吸すると、表で犬の鋭い鳴き声がした。

「こら、だめよ、××ちゃん」

愛犬をあやす女性の声がして――。

幼稚園くらいの女の子が入ってきた。デニムの胸あてのスカートをはいたかわいい子である。

どうしたの？　と疑る間もなくとことこと隣のRのレジをめざしていく。

すると、Rはまっすぐに待ち受けていて、にこっとしたかと思うと、背後の壁にピンで留めてあった赤いリボンのヘアゴムを取って、「はい」と渡した。

「ありがとう」

女の子は両手でぎゅうと胸のところに押し当てて、うれしそうに去っていった。ドアの向こうで母親が抱いているらしき小型犬がふたたび鋭く吠《ほ》えた。

――なんなのだ。

お兄ちゃん、だいすき、という無言の声が聞こえるような。

数日前から落としものだろうかとちらちら見ていたが、こんな幼児の持ちものだったとは。それをなぜRが知っている。

あまりに奇妙なので、つい訊いた。

「いまの、知ってるお子さん？」

ところが、Rはできあがったから揚げを並べながら、

「いえ」

と、言う。それ以上なんの説明もしない。

──なら、なんなのだ。

乗せられてはいけないと自分を制しながら、なぜだか相手のペースに乗せられていく。

「そうなの？　よくわかるのね」

もうひとこと訊いてみた。

こんどは、

「ええ」

と、言う。

──じゃあ、なんなのだ。

こちらの不審を見通したかのようにふっと頰をゆるめ、柔らかい前髪をかきあげた。

瞳が茶色く透けている。なんてきれいな色だろう。

ホットケーキにシロップがすうっと垂れる。

ああ、だめ。相手の思うつぼじゃないか。

2

そういえば——。

先月の夕方、大学通りの植え込みのヤマブキの脇で、Rがトイプードルをつれた幼稚園ぐらいの女の子と話しているのを見た。お母さんが買いものをしている間、犬といっしょに待っているという感じだったが、いまのはあの女の子だろうか。

それとも、もっと別の親しい子か。

そういえば——。

いつか店内にいた女の子が冷蔵庫の前で急に笑い声をあげて、みなが驚いたことがあった。ウォークインの裏側からRが飲みものを補充していて、女の子が表から覗いて見つけたのだ。

ふつうは店内のほうが明るいから、裏に人がいても気がつかない。まれに気づいたときは、幽霊にでも出会ったかのようにギョッとする。悲鳴をあげる人すらいる。でもそのときのその子の声はじつにうれしそうで、隠れん坊の相手を見つけたときのようだった。冷蔵庫の裏側から、あの甘い顔でニッコリしたのか、手でも振ったのか。

そうだ。Rは小さな女の子に好かれるのだ。わかる気がする。幼児は必ず面食いだもの。中身のことなんかわからないんだもの。楓子だってそうだった。幼稚園のころ、かわいい顔をした隣のお兄ちゃんが好きで、よく遊びにいっていたではないか。

Rは幼い子に好かれる。そして——。

Rのほうも幼い子が好き。幼い子はきれいだから。汚れていないから。Rは汚れていないものが好きなのだ。

背筋がゾクリとする。

店外で先ほどから携帯電話をかけている女の人がいる。

あ——。

チルドの棚の前にしゃがんでいるRの尻ポケットの携帯のランプがチカチカしている。

もう一度、店外を見やった。よく見ると話しているようでもない。応答を待っているだけか。

もしかして——。

Rにかけている？

もしかして——。

このあいだマンションの下の路地でわめいていた人か。

3

啓太が事務室から出てきて、

「じゃ、おれたち出かけます。人手少なくなるけど、よろしくお願いします」

ぺこりとした。

しばしののち、店長も現れ、連れだって出ていった。

窓の外で二人がちょっと手をあげたのに、レジから頭の先でこたえた。増田は雑誌ラックのところで小さくうなずいた。

Rはまったく知らん顔をしている。

第四章　チョコレート

1

四月三日。

桜が満開である。大学通りの上り下りの両岸が、におうような薄紅の花で埋もれている。一キロ以上続くらんまんの春の色。

夜の十時だというのに、街は常ならぬにぎわいだ。日が落ちるといつもがらあきになる道路も、依然として数珠《じゅず》つなぎに渋滞している。

私は多摩育ちだから、Kの桜並木はおなじみだ。子供のころ父母とよく見にきた。しかし、いま主客転じて住民になってみると、花を愛《め》でる気持ちよりも花見客をうるさく思う気持ちのほうがじゃっかん勝る。この群衆はどこから湧いて出たかと聊《いささ》かあきれる。平時の閑静を愛するだけに、なおさらそう思うのだろう。

とはいえ、その来客のおかげで店の弁当や飲料は平時の二倍以上の売上げになっている。その点はじゅうぶんに拝まねばならぬ。

商店街の明かりを映して昼間より色濃い花の雲の向こうに、ファミリーレストランの看板が見えた。あ――、あそこを曲がるのだったか。ポケットからメモを取り出していたら、夜桜を撮ろうとじりじり退《さが》ってきたカップルとぶつかった。からだがもつれて足を踏まれた。

「わっ、すみません」

いえ大丈夫ですと、小柄な女性の背を支えて歩道の中央へうながしたのち、ファミレスの軒端《のきば》に立って指定の場所を確認する。

そうだ。ここを曲がる。で、F通りにぶつかったら左に折れて、二つ目のビルだ。

昨日――。

啓太と美咲に事務室で急に誘われたのである。

「おれたち、明日飲み会の予定なんですけど、坂井さんもよかったら来ません？　明日十時までですよね。そのあとでも。ご迷惑でなかったら」

啓太は人なつこい。かつ仕事熱心だ。店のスタッフはふだんから互いに交流を持つべきだと考えている。

私のほうには啓太のような情熱はない。お酒は飲めないし、おしゃべりも苦手だ。前の職場でもなんだかんだと口実をつくって宴席は避けてきた。ふだんならば、「いえ私は」と辞退するところだ。でもいまはRの情報が欲しい。啓太も美咲も私より長くRを見ている。新しい手がかりを得られるかもしれない。

「でも、お邪魔じゃないですか。せっかくお二人で水入らずなのに」

　すると、

「ううん、ぜんっぜんそんなんじゃない。ただの花見酒」

　美咲が短い髪を揺らして、即座に否定した。

　啓太が微妙に傷ついた顔をした。美咲のほうには気はなくとも、啓太のほうにはあるのだろう。が、すぐに大きな前歯を剝いて、「そうですそうですご遠慮なく」と同意した。

「せっかくお知りあいになったんですから」「ねえ」「遅くなってもいいですから」「ちょっとだけでも」「待ってますから」「ぼくら適当に飲んでますから」「ぜひ」

　ぽんぽん交互に言った。二人並ぶと美咲のほうが背が高い。なんだかおかしなコンビである。

　――あ。

　もうF通りだ。えっと左の二つ目のビル……。これか。

　啓太がくれたメモをもう一度取り出した。「つれづれ」と店の名前があって、電話番号が書いてある。小学生のように素直な大きな字だ。

　連子格子《れんじこうし》の全面窓からきれいな明かりが歩道に流れている。ぶあつい木の扉をぎいっと押すと、右奥の席の男女が大きく手を振った。

2

「お疲れ様です」

「お疲れ様です」

木霊《こだま》に出迎えられた。

頑丈な樫《かし》の木のテーブル席が六つほどある。あとカウンターに五、六人も座ればいっぱいになりそうな、こぢんまりとした店である。座席を詰めればもっと人数を入れられるのに、あえてゆったりとしているところがいい。奥の一隅に一メートル以上ありそうなソメイヨシノの枝が備前の大甕《おおがめ》に挿してある。

「遅くなっちゃって」

周囲を見まわしながら頭を下げた。二人とも完全にゆるんだ顔である。アルコールが入って調子があがっているらしい。

「おれたち、もうけっこう飲んじゃった。坂井さん、なにがいいですか？　なんでも追加してください」

じゃ——と、ウーロン茶と、栃尾《とちお》の油揚げと、沖縄の島らっきょうと、蕗味噌《ふきみそ》と、うどの皮のきんぴらを頼む。二人揃って「しぶーい」と言う。

飲みものが届いて三つのグラスを合わせて「かんぱい」とやると、啓太がちょっと神妙なおももちになった。

「じゃ、改めまして、今後ともよろしくお願いします」

「こちらこそ、よろしくお願いします。いつまでも慣れなくてご迷惑おかけしてます」

頭を下げた。言葉だけではない。ほんとにいつまでも素人くさくて迷惑をかけている。

啓太はそんなことないですと八の字眉を下げて、

「坂井さん、どんくらいでしたっけ？」

と、首をかしげた。

「二月の半ばからなので、一カ月半です」

「もう、そんなになるのかあ」

マネジャーらしくうなずく。

言っているはしから料理がやってくる。島らっきょう。エシャロットのように長いのが小山のごとく積まれている。蕗味噌。ありえない量が小鉢に盛ってある。もはやおつまみではない。

わっ、すごいと驚くと、

「びっくりしたっしょ。多いだけじゃなくて、おいしんだよ」

美咲がニッと笑う。

「なんせここのオーナー、お兄ちゃんのおじさんだから。厨房にはお兄ちゃんのいとこ入ってます。隣にお花屋さんあったでしょ。お兄ちゃんのおじいちゃんがやってます。だからこの店もお花すてきなの。みなさんお客様第一の、めちゃくちゃサービスいい一族でございます。ね、お兄ちゃん」

啓太が腕組みしてオウとうなずく。美咲は啓太のことをお兄ちゃんと呼ぶ。

「啓太君のお身内はみんなKに住んでらっしゃるの？」

「はい。親戚はそうです。でも、おれんちは生粋《きっすい》じゃなくて五年前にどまん中のほうから引っ越してきて……」

急に啓太の調子が落ちた。

美咲がすかさず引き取って、

「坂井さん、お兄ちゃんね、高校んときひどい目に遭ったの」

相棒の横顔をちらっと見やり、「いいでしょ？」と目で訊いた。

啓太がうなずいた。

それは正義漢の啓太らしい話であった。

啓太の家はもともとJR山手線の田町駅の近くにあって、啓太は同区内の都立高校に通っていた。その二年生のとき、部活動の後輩の一年生が自殺する事件があった。複数の同級生のいじめが原因だった。啓太は何度か相談を受けて気にしていたのだが、修学旅行に出かけている間に悲劇が起こった。少年の両親は同級生らを相手取って民事の裁判を起こした。が、彼らは関与を否認し、学校側も責任を回避した。怒った啓太は真相究明に乗り出し、署名を集めるなどの運動を始めた。すると、予備校の帰りに二人組に闇討ちされた。鉄パイプで頭や脚を殴られ大怪我《おおけが》をした。さいわい通行人が１１０番してくれたため命に別状はなかったが、人が通らなかったらどうなっていたかわからない。脚の骨折は全治二カ月。脳の損傷はなかったが、鼓膜が破れて難聴になった。これ以上首を突っ込むなという警告であった。

「なんてこと――」

私がおののくと、啓太はいやいやと手を振って、

「大丈夫っすよ。でも、いまだに耳が片方よく聞こえないから、おれ声がデカいらしいんです。勘弁してくださいね」

パカッと笑った。

啓太の父親の青柳は田町駅前でコンビニを経営していたが、息子が今後も被害を受けることを恐れ、引っ越して学校も転校させることにした。さいわい郊外のＫに親や弟が住んでいて、いくつか店舗物件も持っていたので、そこを使って新しい店を出すことにした。これがいまのコンビニＳマート高校通り店だ。

「たいへんだったのね」

啓太はまたいやいやと手を振って、

「悪いのはあいつらのほうなんで、こっちが逃げ出すのは違うぞって抵抗あったんですけど、親父やおふくろが死にそうな顔してましたから、あんまり我を張らないほうがいいかなって」

「そうね。お父さんもお母さんも、生きた心地がしなかったわね」

息子の帰りが遅くなるたびに、恐怖にかられたろう。私だったら仕事など手につかない。

「でも、けっきょく越してきてよかったんです。K、いい街だし、目の前に大学があって、ここに入ってやろうって目標もできたし」

「あたしとも知りあえたし」

啓太はコクリと応じて、

「ちょっと遅れたけどね」

遅れた——？　眉を上げると、

「おれ、いま二年生すけど、そういうことがあったから高校卒業するの一年遅れてんです。そのうえ浪人も一年したから、じつはもう二十一で」

「お兄ちゃんなの」

すかさず美咲が言った。

ああ、そういうことか。

「美咲はストレートだから、三年だけど年はいっこ下。だから、お兄ちゃん、お兄ちゃんって言うの。いやみなんですよ。バカにしてんです」

「してないよ。尊敬してるよ」

ハハハと明るく笑った。

3

その笑い顔のまま、美咲が、

「ちょっと、料理たまってんじゃん。食べようよ。坂井さん食べて。おなかすいてるでしょ」

こちらを向いた。

「そうね」

「そうだな」

三方から手が伸び、健啖《けんたん》に消化されていく。

大型のぶあつい油揚げにねぎ味噌がたっぷり挟んである。楓子が好きだった。島らっきょうに添えられたかつおぶしがふわふわと舞い散る。「おい美咲、汚すなよ」。啓太が蚊をとらえるように宙を何度かつかみ、おしぼりでぐりぐり皿のまわりを拭く。どこへ行ってもよく働く青年だ。

美咲はまるで聞いていないといったふうにハイッと手をあげ、「焼き空豆ください」と注文した。啓太がすぐに「いいね」と応援する。応援しながら、おしぼりの汚れた面をきちんと内側に折りたたんでいる。

テーブルをきれいにし終えた啓太に、

「啓太君は、何学部なんですか？」

と、訊いてみた。

「ふつうに商学部です」

商科大学として始まった大学ゆえだが、一般の耳にはふつうにがおかしい。

美咲にも訊く。

「美咲ちゃんは美大よね。専門はなんですか」

「彫刻。二年まで石膏やってたんだけど、今年から鉄板やろうかなって。バーナー使って。なんでもいいんだけど、あたしはデカいのが好きなの。時代に逆行してます」

そう言われれば、美咲は汚れだらけのつなぎが似合いそうだ。頬に白いものをつけたりして。横顔を改めて眺めると、鼻の先がちょっと上を向いていてかわいい。こちらを向くと、小さな顔にぱっちりとした二重の目だ。工事現場の人みたいに頭に白タオルを巻いたりしても絵になるだろう。

「美咲は芸術家だから、なんっかふまじめなの。融通無碍《ゆうずうむげ》」

啓太が言う。

「お兄ちゃんは現実家だから、鉄壁まじめなの。真実一路《しんじついちろ》」

美咲が言う。

「山本有三だよ」

「名作だよ」

「懐かしいよ」

うけている。

「仲がいいのね」

二人同時にニッとする。

楓子たちもこういう関係だったら、あんな悲劇にならなかったろうに、とふと思う。どうして楓子はこういう恋人を探せなかったのだろう。

美咲がなにも知らぬげに訴える。

「だけど、いっつもはんぶん喧嘩だよ。お兄ちゃん、なんだか知らんけどつねひごろから激しく怒ってらっしゃるの。うるさくてしょうがね」

美咲によると、啓太はなにか事件が報道されるたびに、「許せん」とか、「もっと罰しろ」とか叫んでいるのだという。

美咲の斜めの視線を受けて、啓太が私に同意を求める。

「だって、いまの世の中おかしいでしょ。思いません？　むかつく話ばっかだよ。さっきのおれの後輩だってね、ちょい気が弱かったけど、なんの悪いところもない、すげーいいやつだったんです。逆に追い込んだやつらは誰が見たって最悪、最低なの。金は巻きあげるし、モノは奪《と》るし、殴る蹴るするし、試験の答案は脅してめちゃめちゃ覗かせるし。なのになんにも問われないんだもん。信じられんよ」

つい身を乗り出して聞き入ってしまう。つられてうかつな相槌《あいづち》を打たぬよう気をつけなければならない。

啓太の口調に熱がこもる。

「テレビとか見てたら、もっとひどいのありますよね。集団で一人をなぶり殺しとか、ゆきずりの人をメッタ刺しとか。でも未成年だからたいして罰せられない。そうとうのことやっても、二、三年少年院入って放免とか。そんなの無罪といっしょじゃん。なんでもありってことじゃん。最低だわ。法律もさいきんちょっと厳しくなったらしいけど、おれに言わせたらぜんぜん甘い」

そのとおりだと思う。遺族は心の整理がつかなくて何年もお骨とお別れすることができずにいたりするのに、やったほうはさっさと社会復帰してしまう。まったく殺され損だ。私だって――。

夢中になってまくしたてている啓太を美咲がこづいて、

「坂井さん、こんな話おもしろくないよね。お兄ちゃん、空気読みなさいよ」

と、叱る。

啓太はまっ黒に焼けた空豆のさやを熱《あつ》っ、とむきながら、

「ふんだ」

と、ふてくされた。

「お兄ちゃんて、いっつもこうなの。犯罪の話じゃなかったら、TPPとか原発とか、要するにその手のやつ」

「だったらなんの話すればいいんだよ」

あのねえ、と美咲が啓太に向き直った。

「なんでもいいんだけど、ぜったいに言えるのは、女の子といっしょにいるとき、誰とでもできる話をしないこと。その子とだけしかできない話をする。無理していろんな話題出さなくてもいいのよ。無口でいいの。だいじなのは相手だけを見ること」

「そうかよ」

「そうだよ」

「だって、恥ずかしいじゃん」

啓太はむやみに豆をむいている。

口をとがらすと、顎の長さが目立つ。

「だからお兄ちゃん、いつまでも一人なんだよ」

「おまえだって、そーゆーわりには一人じゃん」

「私のは一人って言わないの。決めてないだけです」

藍色の筒袖のフロア係が空いた皿とコップを下げにきた。がらがら、と二、三枚を重ねながら、お飲み物のおかわりいかがですか、と首をかしげた。

啓太と美咲がぴたっと揃って、「だっさい」と言った。

4

お待たせしました、と、運ばれてきた獺祭《だっさい》の冷酒を二人についでやりながら、

「だけど啓太君、そのあとは大丈夫なの。へんな人に襲われたりはしてないの」

と、訊いた。

「ええ。大丈夫です」

とたん、美咲が啓太の肘をこづいて、

「でも、別のがあったじゃん。去年、電車の」

にやっとした。

「あ——、そっか」

啓太が頭を掻く。

「なあに？」

「いいでしょ？」

美咲がふたたび啓太の許可を取って、教えてくれる。

それもまた、悲壮な話であった。

ある日、通勤時間帯の混んだ中央線に乗ったら、痴漢に遭っている女性がいた。啓太はその手をとらえ、「やめろ」と助けた。すると、「おれがなにをした」と逆切れされ、猛烈なつかみあいになった。相手のほうが力が強かったため、啓太は顔を殴られ、鼻の骨が折れて血みどろになった。ところが当の女性は恐れて次の駅でサッと逃げてしまい、二人だけが駅員に取り押さえられた。そして、啓太の勇気ある行動は、けっきょくただの車中の揉めごととして処理されたというのである。

「ひどい」

「お兄ちゃんて、損してるでしょ」

美咲がこちらを見て苦笑する。

まったくだ。

「突っ込みどころ満載なの。あるいは、スキだらけともいう」

啓太の猪口《ちょこ》にちんと乾杯した。

「でもねお兄ちゃん、そんなんじゃ命いくつあっても足りないよ。災いみずから招いてるよ。墓穴《ぼけつ》掘ってるよ。正義はだいじだよ。だけど、自分の身は自分で守れって言葉もあるじゃない。世の中いい人ばっかじゃないんだから、やられないための戦略ってものも必要なんじゃないの。じっさいのところ」

するとと啓太が鋭く反応して、

「あ、聞き捨てならない」

ムキになった。

「あ、焚《た》きつけちゃった」

美咲が舌を出す。

「それ、やられるほうも悪いって理屈だろ。おれ、それがいっちばん嫌いなんだ。なによりも腹立つ」

――そう。それ。

「私も大嫌い」

つい、言ってしまった。

美咲と啓太が揃ってエッという顔をする。

「いじめられる者にはいじめられるだけの理由があるって論法よね。わが身を守るためには見て見ぬふりをせよって論法よね。騙した者よりも騙された者のほうが間抜けだって論法よね。そんなの許せない」

「そうそう、そのとおり」

啓太が元気になる。

そんな理屈を許したら、楓子のほうにも非があったということになってしまう。未熟だから相手の本性を見抜けなかった。まじめすぎたからぽきりと折れた。弱かったから生きられなかった。そんな考え方は断固、拒否だ。

「どんなときだって、悪いことはやったほうが悪いに決まっているんです。やられたほうも悪いなんて考え方は大嫌い。うちの子も——」

勢いに乗って口を滑らせてから、ハッとした。

「うちの——親戚にも、死んじゃった子がいるの。だから許せない」

とりつくろったが、汗びっしょりだ。

美咲が妙な顔をして、

「坂井さん、お兄ちゃんと気があうんだね」

と、言った。

啓太は勇気百倍である。

「聞いたか美咲。主賓もそうおっしゃっている」

目がらんらんと輝いている。

「おまえはやられたことがないからわかんないんだ。ちっとは弱い者の身になれ」

「そかな」

「そうだよ。仮に――」

猪口をがぶっとあけ、空のビンを高く掲げて、「すいませーん、もう一本ください」

と叫んだ。

「おまえが痴漢されたとき、おまえが派手なカッコしてたのがいけないって言われたらどうする。おまえがレイプされたとき、おまえが思わせぶりな態度をしたのがいけないって言われたらどうする」

「ぜったい許さん。なにを着ようと、どうふるまおうとあたしの勝手」

「だろ。やられるほうも悪いってのは、そのクソ理屈なんだよ」

「そか」

「わかればいい」

美咲はほんとにわかったのか、わかってないのか、

「女の味方いえい」

と、おもしろがった。

5

お待たせしました、と藍の筒袖が二本目の獺祭を目の前に置いた。

盛況である。いつの間にか満席だ。Kは早く閉める店が多いから、遅い時間になると開いている数少ない店にみなが流れ込んできて混むのだという。

ふいに、先ほどの啓太の後輩の話がよみがえった。私もKに来る前、民事の訴訟を起こそうとして、無理だからやめよと弁護士に相手にされなかった。そういうケースはきっと多いのだろう。

「啓太君、さっきの後輩の方だけど、ご両親が起こした裁判というのはどうなったの？」

啓太は、おれが途中で挫折したせいもあるんだけど、と暗い顔になり、

「だめでした。証拠が足りなかった。遺書に誰と誰にどんなことをやられたとかまで書いてくれてたら、また違ったのかもしんないけど」

やっぱり。

「啓太君を襲った犯人は？」

「わからずじまいです」

そうなのか――。むらむらと腹が立つ。

どうしてなんだろう。なぜそういう人間が大きい顔をしていられるのだろう。なぜやられた者はやられ損のままなのだろう。なぜ死んだ者はすぐ忘れられてしまうのだろう。

「啓太君の主張じゃないけど、私もこの社会、悪い人を許しすぎだと思います」

「そうそう、そうでしょ」

啓太が乗ってくる。

「はあっ？　てのが多いすよね。犯罪者もおかしいけど、法もおかしいよ。被告人の罪は重いって言いながら、二言目には、しかし反省の様子が見えないわけでもないとか、更生の可能性がないとは言いきれないとか、わけわかんない希望的観測をちょろっと加えて刑を軽くしちゃう。まじおかしい。なんですかおい。いったいこいつのどこに反省の色が見えんですかって突っ込みたいわ」

もともと大きい啓太の声がますます大きくなっている。こんな話題を人に聞かれたらと思うが、まわりの誰も気にしていないようだから、もういいやと開き直る。

啓太の熱弁が続く。

「量刑相場みたいなのがあるじゃないですか。あれもおかしいよね。一人殺したら何年、二人殺したら何年、三人殺したら何年とかって、思考停止の方程式みたいなのが。ほんとなら一人であろうが二人であろうが、おんなじだよ。どっちも厳罰だよ。遺族から見りゃかけがえのない一人を殺されたこと、おんなじだもん。そうやって加害者への罰が軽いから、遺族の恨みが何倍にも増すんだよ。法がちゃんと罰してくれたらやられたほうも納得するのにさ。心おだやかな社会になるのにさ。悪循環以外のなにものでもないや」

「ほんとね。怒りでおかしくなるわよね」

「踏んだり蹴ったりだよ。おれんちもそうだったけど、犯人の近くで暮らすのは恐いから、被害者のほうが逃げだすはめになる。引っ越しする。転校する。場合によっては仕事まで変えなきゃならない。大金はたいて裁判起こしても勝てない。仮に損害賠償金何千万円ってことで勝てても、支払い能力がないとか言いやがって、分割払いで年に数万円とか、タダみたいな話が通っちゃう。冗談じゃねえ。やったほうよりやられたほうがよっぽど金かかる」

美咲も手酌で一杯つぎながら言う。

「またマスコミが犯人のほうばっかり注目するしね。あるいみスター扱い」

「それだよ」

啓太の主張に勢いがつく。

「そうなんだよ。やったほうばっかなんだよ。やられたほうがどんなことになってるかには見向きもしない。それどころか、たまにやられた側が立ちあがると奇異の目で見る。あなた方は静かにしてなさい、みたいな」

美咲が冷酒を啓太にもついでやる。

「やったほうには動機があるからね。この男はなぜこんな冷酷な人間になったのか。なぜこんな極悪非道な犯罪を起こしたのか。そこにはドラマがあるよ。おもしろいよ。小説になるよ。映画になるよ。でも、やられたほうには動機はないよね。ドラマもない。つまんないから置き去りになる。でもそれってわりと相手の思うつぼなんだよ。彼らは目立ちたくてやってるところ大なわけじゃない？　それに乗せられてどうするよ。むしろ注目してあげちゃだめ」

「そうそう。無視するのがいい。完全無視して厳罰に処すべし。それがベスト」

まったく許されん、と啓太はますます激して、

「いま、死刑廃止の論議あるでしょう。あれもおれ、反対なんです。時代に逆行してるかもしれんけど、おれは死刑は必要だと思う」

とたん、美咲が「それは違う」と反論した。

「殺しちゃだめ」

「いやおれだって、なにがなんでも殺せって言ってるわけじゃないよ」

「ううん、なにがなんでももかんでももないの。殺人がいけないってんなら、死刑も当

然だめ」

　美咲には美咲の考えがある。

「どんなことがあっても、生きてることが基本だよ。だいたい死刑って罰になんないと思う。死んだら反省できないじゃない。自分が罰されてることもわかんないじゃない。そうじゃなくて、一生かけてつぐなわせなくちゃ。やったやつを死なせてこっちが満たされるなんて、淫靡だ邪道だ歪んだ悦楽だ」

　啓太が切り返す。

「そりゃ殺すのは最終手段だよ。でも、日本の懲役けっこう軽いんだぜ。やつら、つぐなわないんだよ。すぐ出てくんだよ。反省しないんだよ。無期と言いながら無期じゃないんだよ。そのうえ死刑までなくなったら犯罪天国になるよ。なにやってもオッケーって国になるよ。おれはそれを憂うの」

「ならないよ。そういう国民性じゃないもん」

「なるよ。だんだんそういう国民性になってくんだよ」

「なるかなあ。そっかなあ。本末転倒じゃないの。社会のほうが犯罪者を生み出してんだから」

「あー、それよく言うよね。加害者の生い立ちとか家庭とかに犯罪の根源があるって。だけどそれどうなの。おれ納得いかない」

口をはさむまいと思いながら、つい言ってしまう。

「そうよ。不幸な成育環境が歪んだ心を生み出したとか言うんだったら、不幸な成育環境にめげずにがんばった人はどうなるんです。不公平じゃないですか」

楓子とRのことが念頭にある。不幸な育ちに原因があるのなら、Rはそうだろう。しかし、楓子だってけっして恵まれてはいない。でも、まっとうに育ったではないか。人が道を踏みはずすはずさないの根源はもっと別のところにあるはずだ。

啓太が得たりの顔で、

「ですよね。ですよね」

と、言う。

美咲が「あーあ、お兄ちゃん盛りあがっちゃうよ」とちゃかし、啓太が「盛りあがってんだよ」と美咲の頭をはたき、三重の笑いが起こった。――ところで、美咲が急にこちらを向いた。

「そういえば、坂井さんの――」

どきりとした。

「はい」

「亡くなった親戚って方は、どうされたんですか。原因になった相手と争うとか、訴えるとか」

どう答えよう。

「いえ。相手が絶対的に悪いと決めつけるほどの証拠もなくて、けっきょく泣き寝入りみたいな話に……」

目を伏せて、ごまかした。

「ああやっぱりね。わかりますよ」

啓太がぐびっと飲んで相槌を打った。

「おれ、ときどき昔はよかったなと思うことあるんです」

「昔って?」

「江戸時代」

「あ。そんな昔」

「江戸時代までは、日本、仇討ちオッケーだったんですよ。曾我兄弟《そがきようだい》とかね。赤穂浪士《あこうろうし》とかね。美咲知ってるか? 知らねえだろ。みんなやんやの喝采送ってたんだぞ。その民衆の復讐の権利を、明治になって私刑はだめだって国家が取りあげた。取りあげたんなら法でちゃんと罰してくれよ、だ」

「大石内蔵助《おおいしくらのすけ》ぐらい知ってるよ」

美咲がぷっと頰をふくらます。

「そうか、そりゃ失礼。こんなこと言ったらヤバい人間だと思われるかしんないけど、おれ、かたきをとってもいい場面って、現実にはあるんじゃないかと思いますよ。なんとかしてこいつをあの世へ送る方法ないのかなって、まじで考えることありますもん」

かたきをとる——。

思わず周囲を見まわす。

「だけど、死んだら終わりなんだよ」

美咲があいかわらず言う。

「吉良上野介《きらこうずけのすけ》って、ほんとに悪人だったの」

6

あたし、ちょっとおなか足りない、ごはんか麺取ろうよ、と美咲が言う。言ったそばから手をあげて、すいませーん、メニューくださいと合図している。

即座に藍のユニフォームがやってきて、伝票を構える。

「おれ、レタスチャーハン」

と、啓太が言う。

「あたし、稲庭《いなにわ》うどん」

と、美咲が言う。

「を、一つずつください」

と、私がまとめる。

「坂井さん、いいの？」

二人が言う。

「ええ、もうじゅうぶん」

食事を待ちながら、「どうぞ」と二人の猪口に冷酒をとくとく、とついでやる。

「美咲ちゃんは、将来はアーティストね。啓太君は？　なにか希望があるんですか。起業とか？　それとも大学の先生とか」

これだけ熱意があればなんにでもなれるだろう。

熱血青年はうーんと首をかしげた。

「わかんないすけど、おれ、とにかく心がこもってない仕事はやなんです。経済学もいいけど、数字しか見てないのはいや。政治もいいけど、言葉の遊戯みたいなのはいや。さいきんとみに思うんです。不利益を利益に見せるテクとか、リスクを回避する知恵とか、揚げ足をとられないための技術とか、黒を白にすり替えるレトリックとか、そんなんばっかだよね。そういう小手先のことばかり、みんな頭いいと言ってるよね。もういい加減にしたいのそういうの。そんなんだったら、おれはうちの店でお客さんと接してるほうが充実感あるわ。おれ肉体派なんで、がつんと手ごたえのある仕事がいいんです。

小さくてもいいから人の生活に根づいた仕事がしたい」

「よっ、コンビニ屋」

美咲が歌舞伎の大向こうをかける。

啓太がムッとふくれる。

「人が夢語ってんのに矮小化《わいしょうか》すんなよ。だけど、そうだなあ。どうしよっかなあ。修業のつもりで本部に就職してみよっかな。しかし、ま、ともあれおれはコンビニの仕事、けっこう好きすよ」

「そう。どんなところが」

こちらが話に乗ると、瞳がますます生き生きする。

「おれね、コンビニってただの便利屋じゃなくて、もっと地域のヘソになりうると思ってるんです。だってお客さん、ほとんど近所の人だよ。日課みたいに毎日やってきて、顔見知りになってるよ。家庭の延長みたいなもんだ。しかも二十四時間営業なんだから、なんかいみあることができそうじゃないですか。たとえば、街の人たちの情報の掲示板。独居のお年寄り110番。DV駆け込み寺とか、いじめ駆け込み寺とか。むろん、おれたちだけでそういう問題を根本から解決できるわけじゃなくて、あくまでも窓口なんだけど、可能性はいろいろあると思う。世の中には警察ってものもありますけど、警察だとやっぱおっかない。でもコンビニだと気軽だ。しかもちょっとあったかい。スタッフの人数とか、セキュリティとか、個々のやる気の問題とかいろいろあるから難しいところはあるけれど、なんか新しいことできないかなっていつも思うんです」

「すばらしいじゃないですか」

よこしまな目的で潜り込んでいる自分が後ろめたくなる。

「女の人なんか、深夜、家に帰るとき、コンビニの明かりを見るとホッとすると言いますよね。女の人だけじゃないんじゃないかな。家出の子供とか、やなことがあったお父さんとか、そういう人もホッとしてくれてるんじゃないかな。大袈裟《おおげさ》言うと、コンビニって夜空の星だとおれ思ってるんです」

美咲は耳にたこの話らしく、そっぽを向いて蕗味噌をつついている。「これうま。うちでもつくれるかな」とか言っている。

「それに、コンビニってわけありの人の受け皿って側面も、ちょっとある。ま、こっちも商売だからあんまりあやしい人ばっかかに来てもらっても困るけど、こういうご時世なんだから、なんらかセーフティネットになってもいいんじゃないかな。うちも多いですよ。増田さんはリストラ。深夜の山口さんは会社が倒産。早朝の岸田君と前田君は就職浪人。それからRもあやしい。おれも無傷じゃないから、問題ないのは美咲と坂井さんぐらいだ」

また、どきりとする。

——いえ違うの。私こそいちばんのわけありなんです。

「ま、そんな感じでがんばりたいと思ってますんで、坂井さんにも協力してもらえたらうれしいな。わ、なんかおれすげー営業してるかも。あそうだ、坂井さんってめっちゃ地元でしょう。おうちすぐ近くみたいだよって親父が言ってました」

「ええ、裏のほうに曲がってすぐ。ラーメン屋さんがあるでしょ。あそこまでもいかない手前」

美咲が即座に、

「だったらR君ちのそばじゃない？」

と、言った。

啓太が見返して、

「あいつのとこって、あの古い三階建てのコーポでしょ？」

胡散くさげな声を出した。

「坂井さん、知ってます？」

どうしよう。はいと答えるべきか、いいえと答えるべきか。

迷った末、

「そうなんですか」

にした。ぼろを出さなかったか。

私はRとどこに住んでいるという会話をしたことがあったっけ？　路上で出会ったことはあったっけ？　せわしなく考える。どっちもない。だったらこの答えでよし。

「古い三階建てって……、うちの斜め向かいのあれかしら」

　と、つけ加えてみた。

「えっと……、お一人暮らしでしたよね」

　啓太に訊かれた。

　あ、またまずいほうに話題がいくかも——と、あせる。

「いいえ、三人暮らしなんです」

　スマートフォンを取り出して、ミャウと金魚の写真を見せた。

　うわー、かわいい、と注意がそれた。

「ベレー帽だよ、パイプくわえてるよ、絵描きさんだよ」

　美咲が歓声をあげた。

　その上に「お待たせしました」と威勢のよい声がして、さらに救われた。

　レタスチャーハンと稲庭うどんが、どんと目の前に置かれた。

7

「いただきまあす」と元気よく料理に向かった二人を眺めながら、Rのことをつらつら考える。

Rは今日、六時にあがった。去り際に私のほうに目を向け、少しだけ頭を下げたような気がした。いま家にいるのだろうか。カーテンの上部から漏れている雲形の光の筋を思い浮かべる。

Rと同じ店に勤めて、一カ月半だ。

徐々に親しくなりつつある。

ひそかに観察するところ、Rは私に対しては悪い感情を持っていない。店長や啓太には指示されたときに返事するのみだし、増田に至ってはほぼ無視だ。が、私には表情がおだやかなうえ、挨拶プラスアルファがあったりする。いい傾向だ。なによりも密偵がばれていない証拠である。

一週間前には、事務室でちょっと長めの会話もした。

豪雨のためにお客が一人もいなくなって、いまのうちにと自購入の緑茶を持って休憩に入ったら、店長はどこへ出かけたのか姿がなく、Rが一人、隅っこのデスクでスマホを見ていた。メールかなと思ったらゲームだった。

Rは暇なときいつもゲームをしている。以前はマニアなのだろうと思っていたが、いまは制作のほうに片足を突っ込んでいると知っている。新しいアイデア探しや動作テストなどのためにいじくりつづけているのかもしれない。

あ、二人きり——、とドキッとしたが、チャンスだから、「あの、いっしょに休憩いいですか」と尋ねた。すると、「どうぞ」と、すぐ自分の椅子を端に寄せ、壁に立てかけてあった折りたたみ椅子を開いてくれた。

紙コップに緑茶を分けて「いかが」とおすそわけしたら、

「ありがとうございます」

にこっとして頭まで下げた。

とたん、戦意の目盛り《インジケータ》がくたっと二レベルくらい下がった。自分一人空回りしている気がした。

人の気などなにも知らぬげに、Rは目の前でひとつ、ふたつ、ゆっくりとまばたきした。至近で眺めると、改めて美しかった。瞳が茶色く澄んでいる。ふっくらとした奥二重のまぶた。つられてほほえみ返しながら、じわっと赤面していくのを自覚した。

Rはゲームをやめ、スマホをジーンズの尻ポケットにしまった。だが、立ちあがる気配がない。なにか話しかけずにすまされなくなった。

「Rさんは、学生さんなんですか」

と、訊いてみた。

先月、通信制高校を卒業したことは知っている。が、わざと尋ねた。

Rに話しかけるときは、「君」ではなく「さん」と呼ぶことにしている。子供扱いしないほうがこの男は好きだろうと思うからだ。

するとと、

「いえ、卒業したんです。高校。この春」

首を少しかしげて私の目をじっと見た。これが相手を殺すのだ。自覚しているのかいないのか。

「そうなの。おめでとう」

お祝いを言った。そう言うのがふつうだろうと思って言った。

「通信制ですけど。高校くらい出てないと困ると思って」

素直だった。素直すぎて面食らい、気を取られていたら、さっそく失言した。

「お勉強、ひとりでしたの？」

あっと心の中で首をすくめた。この質問はいけなかった。

「ひとりで？」

――まずい。

「いえ、高校のお勉強って難しいでしょう。先生に教わらずに独習なんてすごいなと思って」

とりつくろえたか。

Rはとくにこだわるふうもなく、

「人に教えてもらったりもしました。でも、基本的には一人で」

人に教えてもらったりも——と、言った。楓子のことだ。ではその意識はあるのだ。忘れ去ってはいないのだ。

「これから夢がいっぱいね。なにかめざしてるんですか」

よけいなことかとあやぶみながら、もうちょっとがんばれ、と踏みとどまった。

「夢ですか」

面倒くさそうな顔もしない。

「大学行きたかったんですけど、もう無理っぽいんでゲーム制作とかどうかなって。で、そっちのバイトもいまちょっとやってるんですけど、なんか中途はんぱで」

「ゲームって、プログラマーですか」

「ええ。いえ、グラフィックも両方。絵は子供のときからけっこう得意のつもりだったんで、キャラデザとかを一人でちょこちょこやってたんですけど、さいきんいまいち違う気もしてて。だったらプログラマーかなって。でもそっちだとC言語とか、なおのこと専門知識が必要なんで、もっと勉強しないといけなくて。どうしようかな……、よくわかんないです。けっきょくぜんぜん違う会社員になったりして。だけど、ま、高校は卒業できたんで、二十歳《はたち》までになんか考えようってとこです」

コンピュータゲームなどしたことがないので、なにを言っているのかよくわからなかった。が、会話がとどこおると困るので、訊き返しもせずうなずいた。辻経由で聞いていたことと、あまり齟齬《そご》はないようだった。

　ふいに扉が開いて、店長が覗いた。Rが顔を改めて、「じゃ」と言った。

　立ちあがったら、見上げるようだった。座っているときあまり圧力を感じないのは、よほど顔が小さいのだろう。あるいは脚のほうが長い。いつも履いているハイカットのスニーカーも、間近で見ると驚くほど大きかった。

「背、高いのね、何センチ？」

「百八十四です」

　丈高《たけたか》な後ろ姿が消えると、張っていた気がゆるんで力が抜けた。入れ替わりに入ってきた店長に意味もなくヘナヘナと笑いかける仕儀になった。

　想像していたよりもずっとふつうだった。自分は見誤っていたのかもしれないと思った。なにかが揺らぐ。

　だが、いや待て――。

　その感じのよさ自体、芝居かもしれないではないか。無害とみなした相手には素直なところを見せて、味方に引き入れようとする悪知恵かもしれないではないか。

　どっちだろう。どちらがほんとだろう。

8

「……さん」

「坂井……さん」

ハッとして意識を戻すと、啓太と美咲が揃ってこちらを見ていた。

「あ、ごめんなさい」

「坂井さんも食べて」

ごはんと麺を小皿に少しずつ分けてくれる。

啓太がれんげを口に運びながら言った。

「そういえば、あいつもいじめで高校中退、とか言ってるね」

「R君？」

うどんをすすった顔のまま、美咲が訊き返した。

「うん」

私がぼんやりしている間、この二人もRの話題に花を咲かせていたらしい。

そうなのだ。高校を辞めた理由を、Rはそういうことにしているのだ。それは違う。

女性教師とのトラブルだ。

「違うんじゃない？　あの子無口だけど、いじめられキャラではないよ。むしろ、いじめ野郎だとあたしは思う」

美咲はよくわかっている。

「え、そうかしら。おれわかんない」

啓太はピンとこないらしい。

「そうだよ。どっちかっていうと」

「ま、それはあれだけど、なんだかあやしいやつだとは思うよね。年少あがりじゃないかとおれは睨んでるけど」

啓太がチャーハンをかきこみつつ言う。

美咲が手を止めた。

「そうなの？　店長なんて言ってるの」

「いや、親父はなにも言わない。親父はバイトの経歴とかおれにも教えてくんないもん。気になるんなら自分で訊けって方針。訊いてないけど」

「ふうん」

「あいつ、コンビニ漂流民だよ。いろんなとこ転々としてるみたい。あるいみプロ。うち何軒目だろう。かれこれ一年以上だよね。流れ者にしては長いよね。そろそろ辞めんじゃない？」

そこまで言うと二人とも皿に注意を戻し、ひとしきり食べることに熱中した。

9

ああ、お腹いっぱいと、美咲が伸びをした。大儀そうに背もたれにもたれかかり、反動でテーブルに乗り出すと、頬杖をついた。

「だけど、R君てイケメンだよね」

またRの話題を出した。

「きのうもお客さんにメアドもらってた」

「そうかよ」

啓太の反応ははかばかしくない。自身Rを好いていないうえ、美咲がRを褒めるのが気にいらないのだ。

「日本人かな。ぜったい四分の一は外国人はいってるよ」

美咲はおかまいなしに続ける。

「ロシアとか」

「そうかよ」

「カザフスタンとか」

「そうかよ」

「キルギスとか」

「そうかよ」

「とにかくあっち系」

そう言われればそんな気もする。

「R君て変わってんの。自分美形なのに、面食いじゃないの。まじめな子がいいんだよ。学級委員とか、書記とか、そういうのがいいの。かといってほんとのブスもだめ」

またどきりとする。楓子みたいな——？

「へえ」

啓太が意外、という声を出す。

「眼鏡っ子とか？」

「そうそう。どんなにかわいくても、遊んでそうなのはだめなの」

「あ、ビッチだめ」

「もってのほか。茶髪もだめ。化粧濃いのもだめ。騒がしいのもだめ」

「よく見てんな」

「だって、あたしふられたんだもん。あたし、ふられた相手は観察するの。あたしのなにが気にいらなかったんですかって」

てって頼んだの」

聞き捨てならないという声音である。

「だいぶん前。あの子が来てすぐだから、去年の春かな。いや、春前か。モデルになっ
てって頼んだの」

「知らんかった。まさかヌードじゃないよな」

「まさかだよ。ヌードモデルやってくんないって」

「まじかよ」

「だって、美しいのがいいんだもん」

「そしたら？」

「やだって」

「言うよ」

「そかなあ。お兄ちゃんもいや？」

「頼まねえじゃん」

「だって、美しいのがいいんだもん」

啓太のヌードはない。

「ひどいでしょう、坂井さん。こいつ、いっつもこれなの」

啓太がはじけた空豆になる。

「で、ああこの子、迫られたら退《ひ》くんだなってわかった。好きなんだけど、好きって言えなくてうつむいてるようなのがいい」

「あ、それ、おれもいい」

美咲は啓太の好みなどは流して、

「古典的な言い方すると、清純派が好きなの。幼いのもいいんだよ。あいつ幼女好きだよ。こないだ女の子と遊んでるの見かけた。へえーっと思っちゃった。ロリコンじゃないかとあたしは睨んでるけど」

大きな瞳をぐるりとめぐらせた。

「いったいどんなお方だよ」

「あたしの観察、けっこう当たるよ。まあね、そんなことであたしはR君にはぜんぜんお呼びじゃないの。一年以上いっしょに働いてんのに、いまだに会話もほとんどないしさ。ま、一方的に目の保養にはさせてもらってるけど」

覚えず、

「あなたみたいにきれいな人に冷たくするなんて、もったいないわね」

と、さしはさんだ。

「そんなことない。眼中になしだよ。むしろ彼は坂井さんみたいな人好きだよ。話したことあります?」

「ええ」

「ほらね。あたしなんか話しかけてももらえないのに」

啓太が驚いた顔で、こちらをまじまじと見る。

「そんな、いくつだと思ってるの」

「年齢の問題じゃないんだな、これが」

「ただのおばさんよ」

「ううん、坂井さんきれいだよ。透明感あるじゃない。正直感っていうか、不器用感っていうか。それポイント。R君て人の顔じーっと見るでしょ。あれ、ぜんぶ同じにみえるけど違うの。見つめるときの目の中の星の数が違う。気にいってる相手だと星の数が多い。気にいらない相手だと少ない。坂井さんには多いよ」

「少女漫画かよ」

啓太がけなす。

三人ともなんとなくため息をついて黙り込んだ。猪口とグラスに惰性のように口をつけながら、謎の男の顔をそれぞれに思い浮かべた。

「あ――」

美咲が急に大きな声をあげた。

「あったよお、もういっこ。R君のスペシャル」

啓太と二人でものすごい期待の眼《まなこ》を美咲に向けた。

「お兄ちゃんさ、前よく来てた、すごいかわいい高校生いたでしょう。ツインテールの、丸顔の、ちょっとぽちゃっとした。スカートの短い」

「ニーハイのソックスとかはいてる？」

「うん。いつもグミとかゼロカロリーのゼリーとか買ってた」

「ああー、さいきん見ない」

「でしょ？ ふられたんだよ、あの子。今年のバレンタインに。見たのあたし――」

それは、かなり恐ろしい話であった。

その日、美咲とRは同じシフトで、心なしか女子中生と女子高生が多かった。午後四時ごろ、そのツインテールとやらの子が現れ、かごをレジのRに出すとき小さな赤い紙袋をいっしょに渡した。美咲はそのとき初めてその日女の子が多い理由がわかったという。

Rは美咲より先にあがった。そして、Rが帰ったあと入口の分別ゴミのボックスをかたづけていたら――。

赤い紙袋が、燃えるゴミの中に捨ててあった。

「あたし、アッと思った。悪いんだけど中見た。そしたら開封もしてない、赤いリボン結んだ箱がそのまんまだった。ラッピングが素人っぽかったから手づくりだよ。ラブレターかなあ、メッセージかなあ、ちっちゃい封筒も開けてないのがそのまんま入ってた」

「ひどいよそれ」

　啓太が即座に言った。

「もったねーよ」

「それだけじゃないの。そのほかにも未開封のチョコと思《おぼ》しき包みが三、四個捨ててあった。そっちはR君のか、確証はないけどね」

「甘いもの、お嫌いなのかよ」

「てか、せめて家で捨てろよでしょ」

　啓太が真顔でうなずく。

「おれだったら一晩食べずに飾っとく」

「あれお兄ちゃん、もらったことないの。ちいママ歴こんなに長いっていうのに」

「すいませんね」

　笑いながら、むしょうにぞっとした。

10

「手づくりってところが、いけないのかもしれないわね」

思わず、つぶやいた。

啓太と美咲が同時にこちらを向いた。

「どういうことですか」

当たってるかどうかわからないけど——と、私なりの推理を披露した。

「お家に持ち込むのもいやだってことは、汚いものみたいに思ってるんじゃないかしら」

「手づくりを?」

二人が揃って怪訝な顔をする。

Rはきれい好きだ。神経質だ。あの洗濯物の干し方。カーテンの閉め方。だから、汚れた人間が——いや、汚れているとみなした人間が——、素手でこねくりまわしたものなどとんでもないのではないか。

たとえば、スタッフの増田は兼業農家だ。ときおり土つきの野菜を持ってくる。「どうぞご自由に」と張り紙して、事務室の隅に置いてある。多少虫食いの穴などがあいているが、無農薬の新鮮な野菜である。ホウレンソウやナスなど土地の名産だけでなく、キクイモとか聖護院大根《しょうごいんだいこん》とかヤツガシラとか、珍しいものも交じっている。ときには手づくりの刺身こんにゃくも持ってくる。こんにゃくなんてどうやってつくるのか知らぬが絶品である。自然食品の店におろすのだそうだ。

私はそれらを率先してもらっている。が、Rは一顧だにしない。

「R君は増田さんのお野菜なんか、さわりもしないでしょ。おんなじことかなと思って」

「するどい」

美咲が言う。

「あいつは高い金出しても、店のを買うわ」

啓太が言う。

「そういえばさ」

美咲がポンと手を打った。

「あの子アキバのオタク、のはしくれでしょ」

啓太があぁ、とつぶやき、

「だったら、あのツインテールも好きそうだけど」

と、思案顔をした。

美咲はわかってないなお兄ちゃんは、と、横目に見て、

「いろんなご主人様にご奉仕する子は不潔なんだって」

啓太が、あ、そうか、と肩をすくめる。

美咲はRが描いたゲームのキャラクターを見せてもらったことがあるそうだ。美大生だと教えると興味のある顔になって、自分はずっとアニメ部でキャラを描いてきたが、いまひとつだ、やっぱり専門の学校に行かないとだめだろうかと言った。美咲が「見せて」と頼むと、スマホに取り込んである画像をずらっと示したという。

「ぱぱぱって流すからちゃんと見れなかったけど、2Dの目のおっきい、鼻がほとんどない、例のさ、あるじゃない。いや、3Dのも何個かあったかな。だいたい少女だった。いや男の子もあったかも。ちょっと見分けつかなかった」

「うまかった？」

啓太が訊いた。

「うん。技術はそれなりにあると思った。ソフトの使い方とかね。うまいねって褒めたよいちおう。だけど、それより――」

「なによ」

「なんか生きてないいんだよね。死んでる感じがした。あたし、そっち専門じゃないいんでよくわかんないけど」

ぞっとした。

「死んでる――ってどういう？　なんだか恐いけど」

美咲は宙を仰いで少時考え、

「そうだなあ、生身《なまみ》の物語がないってことかな」

「え？」

「物語って、あらすじって意味じゃないですよ。血の通った心ってか、情熱みたいなこと」

啓太が口をはさんだ。

「だけど、アニメとかゲームとかってすごい分業じゃない。シナリオはシナリオの人、グラフィックはグラフィックの人、サウンドはサウンドの人、プログラムはプログラマーとかってばらばら別《べ》っこにやるじゃない。あいつなんか若いからどうせ下っ端でしょ。ちゃんと説明されて依頼してもらってんじゃなくて、原案とにかく描いて、使えるかどうかわかんないけど渡してるって口じゃないの。だからしかたがないんじゃないの」

美咲が切り返した。

「だからだよ。だからこそ違いが出るの。なんにも言わなくてもものすごく豊かな絵を立ちあげてくる人もいるのよ。それが才能ってものだよ。人間の物語というのはほんらい、その人の中に原初的に備わってるものだとあたしは思う。そこで言うと、R君の場合はそれ、はなはだしく欠如してるんじゃない？　見てていつも思うんだけど、あの子ぜんぜん熱がないよね。だからお人形さん描いてるのかなって。自分の中に血の通った物語がないからキャラにも命がない」

「ああ、わかった気がする」

　啓太が言った。

「それはもともとそうなのか。ゲーム脳になったせいでそうなっちゃったのか。あるいはなにかわけがあってわざとそうしてるのか、わかんないけど」

　なるほど。

「美咲ちゃんは、いつもそういうことを意識して作品つくってるの?」

　思わず訊いた。

「うん。見た目はめちゃくちゃだったりしますけどね。ぱっと見はわけわかんないものつくってたりしますけどね。でもあたしたちのいちばんの情熱は、人間の生《なま》の本質みたいなものを表現したいってことなの。反対に、ゲームとかアニメとかの人たちはすんごいディテールにこだわって、この世の現実もどきを微にいり細をうがって描こうとするじゃない。超リアルに。その結果、人間の生の本質からどんどん遠ざかってるよね」

「ああ、そういうこと」

「だからって、あたしたちのは芸術で、彼らのは遊びだとか、そういうことが言いたいわけじゃないですよ」

　ぱちぱちっとまばたきした。

「生身の物語がない。じゃ、なにがあんの」

啓太が疑問をはさんだ。

「そうねえ、シチュエーションかなあ」

「え」

「そもそも人間って、黒でもない白でもない中途はんぱななにものかが、毛細血管みたいにぐじゃぐじゃにこんぐらかってできてるものだよ。それは切ろうとしても切れないし、ほどこうとしてもほどけない。でもゲームはそうじゃない。基本、黒か白か、イエスかノーか、AかBかの選択で、いかに複雑に混みあってみえようと、しょせんはばらばらのシチュエーションの集積だ。そりゃそうだよね、人生は永遠に進行中で結末未定な物語だけど、ゲームは決定してる結末から逆算した因数分解だから。こうすれば、あなる。ああすれば、こうなる。矛盾がない。つじつまがあってる。じつにスッキリしてる」

「矛盾だらけでつじつまがあわねえのを人生というんだ」

啓太がべらんめえを言った。

「握手する？　殴る？　どっちにする？　キスする？　殺す？　どっちにする？　進む？　やめとく？　どっちにする？　敵かわした？　笑わした？　どうだった？　そういう点々のシチュエーションを攻略のメソッドみたいなものでつなぎあわせて、人生もどきをつくってく。失敗したら消去可能で、気にいらなかったらやり直し可能。任意のところからもやり直し可能。本物の人生は一回こっきりだから真剣勝負なのに、ゲームは何度でもできるから温度がない。飽きたら途中でやめてもいい。すごく冷淡で、すごく合理的。R君てそんな感じしない？　こんぐらかってる血管がないから、切っても血が出ない。でもだから、断面がつるつるできれい」

啓太がすでに空の酒ビンを上下に振って、透明な酒をつぎながら、「バカヤロウ」と言った。

美咲は相棒をちらりと見やって、

「しかし、そこがあの子の魅力でもあるのよ。悪口ばっか言っちゃったけど、あの冷たいとこがなんともいえないっていうか。いや、まじたまりません。坂井さん、どうでしょう？」

言葉に詰まった。いいとも悪いとも答えかねた。

「そうねえ」

あいまいにすませる。

啓太は、

「ますます気にいらん」

乱暴に食器を重ねて、テーブルを力いっぱいおしぼりで拭いた。

美咲と顔を見合わせて、くすっと笑った。

ふと時計を見たら――、一時五分前だ。

「いやだ、こんな時間。そろそろにしましょうか」

啓太が一転、愛想よく、「すみませーん、おあいそ」と手をあげた。いつの間にか店内の客は残り三組になっている。

ちゃんと三で割ろうと、啓太が律儀に電卓を叩く。プチ経済人だから、いつも持ち歩いているのだろう。が、酔っているのか二度も「あれあれ」と打ち損じて、三度目を計算している。

美咲はその様子を見るともなく眺めながら、

「あの子、東北のほうの出身とか言ってたけど、両親生きてんの？」

と、つぶやいた。

11

帰り道がいっしょの啓太と肩を並べててくてく歩いて、高校通りの文具店の路地で、

「じゃ、また明日」と握手して別れた。

次の路地を曲がったら、

――あ。

　Rの部屋の窓が珍しく開いていて、Rが窓辺に立っている。電話中だ。あわてて後ろにすさり、角からそっとうかがった。

　境栽のカナメモチのまっ赤な新芽がわさわさと揺れて、鼻先をくすぐる。

　部屋の中にいるRの姿を初めて見た。風呂上がりなのかタオルのようなものを首からさげており、ときおり髪を拭く動作がある。部屋の明かりははんぶん消えていて、薄暗い。そのかたわらで、ちらっと人影が動いたような気がした。

　あ、誰かいる？

　楓子？

　の、はずがない。

　また、動いた。

　と思ったら、軒先に下がったTシャツが揺れているだけだった。なんだ。安堵のような納得のような落胆をする。

　そういえば。

　——さびしい。きて。

　というやりとりが、LINEにあった。吹き出しに連ねられた気になる会話。ちょうどいまくらいの深夜に、あの子たちはそういうやりとりをしていたのだ。そして、どちらかがどちらかの家を自転車で訪ねていたのだ。

一瞬目を離したら、窓辺には誰もいなくなっていた。そしてまた現れ、顔を片側の肩に倒し、耳との間に携帯をはさんで——。

窓を閉めた。

12

楓子が死んでから一年以上見るのもいやだったRのための学習参考書というものを開いてみる気になった。幼なじみの奈々子が見つけてくれた、英語と数学の二冊。この街に越してくるとき、楓子の本やお気に入りの小物や写真などを段ボール三個に詰め込んだ。が、ガムテープで封をしたまま今日まで開けてもいなかった。たしかに持ってきたはずだ。どこに入れただろう。

「楓子」と側面に書いてある箱のうちの一つを開けてみた。

菜の花畑の写真が、いちばん上に載っていた。思わず手に取って見入る。

——楓子が死ぬわけないじゃない。

懐かしい声がよみがえる。天国の入口の花畑だ。けっきょく引き返さないで行ってしまったけれど。

写真をテーブルの上によけて、底まで中身を改めた。これではない。

二つ目を開けた。こんどはオランウータンのぬいぐるみが目に飛び込んできた。

あ――。

最後のお正月に動物園に行ったときに、ミュージアムショップで買ったものだ。真新しい。まだ首にタグがついている。裏面に「オランウータンとはマレー語で森の人という意味です」と書いてある。そうだ。あのとき楓子と二人初めて知って感心したのだった。これはお母さんのお猿さん。赤ちゃん猿とセットになっていたはずだが、赤ちゃんのほうはどうしたろう、と箱をひっくり返したら、いちばん下から参考書が二冊揃って出てきた。

――そうそう、これ。

ぱらり、と広げる。

楓子の字だ。性格のわりには小さな、あまり濃くもない文字があちらこちらに躍っている。

楓子は気づいたことをわりに脈絡なくメモする。子供のころからノートのとりかたが独得だった。変わってますねと教師に言われたことがある。罫線《けいせん》はほとんど無視していろいろなところに四角いブロックのような塊で書き込む。必ずしも黒板の文字をそのまま写しているわけではなく、一度見せてもらったら、「それはない」とか「単純すぎ」とか、感想のようなものが混じっていておかしかった。あまりしゃべらない子だったが、内面の動きは活発だったのかもしれない。

さっき美咲が生身の人間の物語とか言っていた。黒でも白でもないとか、毛細血管がこんぐらかっているとか。楓子もそうだったのかもしれない。情熱と理性がこんぐらかっていたのかもしれない。外からは見えなかったけれど。

じつの子供でも、心の中はわかるようでわからない。私はあの子のことをどこまでわかっていたのだろう。

頁をめくりながらよく見ると、ところどころにピンクやブルーのマーカーで印がつけてあり、「苦手」とか「間違えやすい」とか書いてある。

英語。仮定法。関係詞。数学。三角関数。微分・積分。私にはわからないが、高校生がつまずきやすいところなのだろう。なんだか生々しい。苦手——とは、むろん楓子が苦手なのではない。Rが苦手なのだ。

家庭教師をしている子供の親から、お嬢さんは教え方がうまいとときどき褒められた。奈々子にもよく言われた。「楓ちゃんの説明はわかりやすいよ」。Rにも一所けんめい教えていたに違いない。デスクで参考書を広げているRの手元を覗き込んでいる楓子の姿が目に浮かぶ。

そのように考えると、二人の関係はそれほどどぎついものではなかったのではないかと思えてくる。

たとえば、こないだの私と同じように事務室に入っていったら、Rが一人でゲームをしていた。「飲む?」とお茶などを勧めた。「ありがとう」。そして、なにかの隙間を埋めるように会話が始まった。

——R君、高校生なの?

——ええ。通信制ですけど。

——昼間の学校、やめちゃったの?

——ぼく、落ちこぼれなんです。

——そんなことないよ。

とか。

——楓子さんは大学生なんですか。

——うん。教えてあげようか。

とか。

——おうち、どこ?

——あ、近いね。

とか。

いやいや。そんな空想はうす甘いか。おめでたいか。希望的観測か。そんなロマンチックなものじゃないか。だって、あんな恐ろしい結果になったのだ。尋常ではないなにかがどこかに厳然と潜んでいるのだ。

この期《ご》に及んでも、私の心の奥には最悪のシナリオは描きたくないという願望がある。自分の娘が最低の男に汚され、傷つけられ、悲惨な死を遂げた。そんなふうに思いたくない。世の女の子たちと同じように、きれいで楽しい、ふつうの青春を送っていたと思いたがっている。

私だけではないのではなかろうか。誰が好んで地獄でもがき苦しむわが子の姿を想像したがるだろう。

でも、だめなのか。そんなのは安易な手打ちなのか。現実逃避なのか。

――娘の無念を晴らせ。

――目をそらすな。

――おまえ以外に、誰が娘の魂を救える。

心の一方で、おのれを激しく鞭打つ声がする。

ふたたび参考書に目を落とす。

本の使用感があるのは、はんぶんくらいまでだ。そこから先はまっさらである。ここで終わったのだ、二人の関係が。そして、尽きたのだ、楓子の命が。

美咲は――。

あの冷たいところがなんともいえないと言った。

啓太は――。

聞けば聞くほど気にいらないと言った。

いじめで中退？　東北の出身？　嘘もついている。

かわいい女の子がつくってくれたチョコレートを捨てた。開けもしないで。

どれが本当なのだ。楓子はRのどこに惹《ひ》かれた？

どうしたかったの？　楓子。どうしてほしいの？　楓子。

答えない楓子。

13

事務室に入っていったら、Rが一人でゲームをしていた。

コーヒーメーカーでコーヒーをいれ、そっと一滴たらした。

「飲む？」と勧めた。

するとRは顔を上げ、「ありがとうございます」と言った。にっこりした顔がみとれるほど美しい。白い歯並びが美しい。

またゲームの画面に目を落とし、手探りするように、かたわらに置かれた白いマグカップに指を通そうとした。瞬間――。

「だめっ」

思いきり払いのけた。

白いカップがデスクからはね飛ばされ、琥珀《こはく》色の飛沫《ひまつ》を壁に散らして床に転がった。

Rはふしぎなものでも見るように首をかしげている。

柔らかい髪と、透明な瞳と、すべすべの肌。美しい小麦色の同系色だ。天使のようだ。

ホットケーキにメープルシロップがとろっと垂れる。疑っていないのだ。ああ、私こそ悪魔だ。

「ごめんなさい、ちょっと薄かったみたい。いれ直しますね」

床を這《は》いずって拭いていると、背後で絹を裂くような猫の鳴き声がした。

ミャウ――？

ハッとして見まわした。いない。

ミャウ、ミャウ！　部屋じゅうを駆けまわる。ミャウ！　どこ！

まさか。

ベランダに駆け、窓から地上を見下ろした。すると、キンモクセイの枝の隙間に白いものが、なにか白いものが――。

玄関を飛び出し、非常階段を駆け降り、植え込みの中をかき分けた。

やっぱりだ。

死んでいる。

昨日窓から投げ捨てた、あの金魚を食べたのだ。白い毛並みが土で汚れて、横向きに固まっている。ホッチキスの針みたいなコの字の形をして。見開いた目が吊りあがって、耳まで裂けた口から変色した黒い舌が覗いていて、蟻《あり》が……、蟻が……、もぞもぞ出入りしている。

——ああ、ミャウ、許して。

と、思ったとたん、バッと目が覚めた。

——もう、いや。

——やめて。

のろのろと這ってキッチンに向かう。二番目の引き出し。薬やサプリメントの定位置だ。睡眠薬……睡眠薬。残り少ない。一錠……では、たぶん足りない。二錠。

だが、もう寝られなかった。

うつらうつらするたびに、マグカップの毒入りコーヒーを飲もうとするRと、植え込みの中で死んでいるミャウの死体が交互に現れた。

半醒半睡《はんせいはんすい》の意識の中で、自分の心を疑った。

Sマート高校通り店

2014/5/5

10:00 p.m.

1

時計を見る。十時十五分。

そろそろ夜の配送が来るはずだ——と、思ったら、到着した。背面ドアを開け閉めする音と、ガラガラと台車を動かす音がする。

増田と二人で急いで品出しにかかる。検品機でチェックしながら、コンテナから商品を棚に並べていく。

コンビニの陳列には「先入れ先出し」という原則があって、賞味期限、消費期限の新しいものを後ろに入れ、期限の古いものを前に出す。お客によってはそれを知っていてわざと後ろのほうから取るので、いつの間にか期限切れに近いものばかりが残って、廃棄の量が増えてしまったりする。まめにチェックしなければならない。

ふと見ると、Rはレジカウンターで所在なさげにしている。本当なら、レジが暇なとき遊んでいてはいけない。商品の整頓とか店内の清掃とかに積極的に時間を振り向けるべきだ。が、今日は店長も啓太もいないので、節約を決め込んでいるのである。がんらいこの男には自分から仕事を探そうという気持ちがない。

2

土地柄もあるのかもしれないが、この店の従業員は概してまじめである。

いちばん熱心なのはやはり啓太で、つねに店じゅうを歩きまわって、売れ筋を考え、不足を検討し、レイアウトを考え、試行錯誤している。アイデアづくりにも意欲的だし、自主仕入れにも熱心だ。地元のニーズを知らずに的はずれな提案ばかりしてくる本部のスーパーバイザーと言いあいしながら、しゃかりきになってがんばっている。

増田はなんでもていねいにやる。が、それがあだになって万事が遅い。公共料金の支払票は一枚ずつ折ってから切る。領収書の宛て名は必ずお客本人にメモしてもらってから書き直す。増田がレジに立つとあっという間に行列ができて、必ず一番だけではすまなくなる。

だが、あとから考えると、その仕事はお客にとってはけっして悪くない。伝票の字がきれいだ。切り取り線のミシン目が乱れていることもない。領収印は日付までくっきりしていて、必ず天地が正しい。バイトの価値は必ずしも速さだけではないのだと思い直すことがある。

美咲は「できるだけラクしよう」の怠け者だ。清掃は大雑把だし、一年半も勤めているのに基本の袋詰め《サッカー》すらなっていない。お客からのクレームでいちばん多いのは袋詰めに関してであり、商品が崩れたり変形したりしないためのマニュアルもあるのだが、そういうものを見て研究しようという気もない。

けれども、美大生だからディスプレイが上手だ。先入れ先出しを無視したりすることはあるものの、美咲が商品を並べると、なぜか立体感とボリューム感が違う。絵もうまい。トイレの中には美咲が描いた「手を洗いましょう」のポスターが貼ってある。バイ菌は恐いですよという趣旨で、ムンクの「叫び」を借用している。絵だけでなくレタリングも巧みなので、啓太は商品のＰＯＰをいつも美咲に書かせる。

私はひたすら整理整頓が取り柄である。暇さえあれば商品の顔を整え、前出ししている。性格的にものの角が揃っていなければいやである。隙間はぜんぶ同じ幅。向きはぜんぶ正面。違う種類が混在していたりすると気持ちが悪くてしかたがない。トイレも自分が入ったときには当番でなくても掃除する。だから、他の店舗よりおそらくきれいだと思う。

レジの内側や引き出しの中もかたづいていないと落ちつかない。余裕のあるときに空き箱や厚紙を使って仕切りをつくって少しずつ整理していった。おかげで文具や帳票、ひも、ゴムといったこまごましたものの迷子がなくなって好評である。

だが、外向的ではないから接客は得意ではない。一所けんめいやっているつもりなのに、テキパキ感が足りないらしい。ときどきお客に、「なに」とか「聞こえないよ」とか、苛立《いらだ》った顔をされる。

店長は従業員のこうした働きムラに対してはおうようで、あまり注文をつけない。それぞれが得意なところを発揮すればよいという考え方だ。その点では裏店長の啓太のほうがうるさい。

3

いっぽう、Rは没個性だ。どれもまあまあ。どれもそこそこ。どんなこともだいたいそつなくこなす。そして誰よりも労力を使わず仕事をする。それで十分といえば十分だが、誠意があるかないかという言い方をするならば、R以上に不誠実なバイトはいない。

おでんを選んでいるお客がいても、「お取りしましょうか」の声などかけたことがない。「スプーンをおつけしますか」「お箸をおつけしますか」も言わない。黙ってさっさと一セット添えてしまう。必ずしも職務怠慢なわけではない。いちいち訊かれることをうるさがる人もいるから、そっちの理屈を採用するのだ。

記憶力はそうとうよい。

タバコの名を言われると、秒速で取り出す。二百近い銘柄の位置をほとんど覚えているらしい。「マルメラ」（マルボロライトメンソール）とか「ロンピ」（ロングピース）とか、略称で来られてもひるまない。カジノのディーラーのようだと思うことがある。なかには「3ミリちょうだい」とか、「ボックスちょうだい」とか、完全に自己本位の言い方をするお客もいるが、それでもサッと出る。とどのつまりは水商売で言うところの「いつもの」と同じで、その人が買うタバコを記憶しているのだ。

私はよく出るものしか覚えていない。増田はもっと覚えてなくておたおたする。美咲は最初から「何番ですか」と訊き直す。番号を訊くと機嫌を悪くするお客もいるが、割り切っている。

タバコだけでなく、Rは商品全般をよく覚えている。「○○ある？」と訊かれたら、即座に、「二列目の裏側です」とか「右側の上段です」とか答える。けれど身を動かしてその場所へ導いたりはしない。ないものは「置いてないです」か「切れてます」の一言。「申し訳ありませんが——」といった前置きもつけない。

万事がそうだから、Rのレジはどんどんはける。ただし心はぜんぜんこもってない。Rも絵はうまい。が、美咲のような協力はいっさいしない。

つらつら思い出すに、私がここにやってきた当初、Rは合間あいまにちょっとした商品の整頓のようなこともやっていたのではなかったか。でもいまはほとんどやらない。私といっしょのときは省略しているのだ。坂井さんがやるからいいと思っている。人をよく見ている。

接客の愛想もとくによくない。しかし、啓太のような全開が必ずしもよいわけではない。とりわけ早朝は不機嫌なお客が多いから、元気があだになることがある。啓太は「朝っぱらからうっせーんだよ」と、ときどき叱られている。その点では、いつも低体温で省エネルギーのRのほうがむしろ失敗の率は低い。

要するに、知能が高い。

おそらく楓子も感心していたはずだ。が、私のように悪意のまなざしでは見ていなかったろう。むしろ好意に解釈していただろう。R君、こんなに頭いいのに事情があってかわいそう、とか。家庭が複雑だから高校も続けられなくて気の毒、とか。

もしかして――、と思う。

Rは本当に家庭教師など必要としていたのだろうか。ただ楓子をひっかけるための口実だったのではないか。

心が冷える。

ハッと顔を上げたら、増田が頭を下げている。

「じゃ、私はこれで」

あ――、あがりか。

「お疲れ様です」

笑顔で応じたあと、Rと目が合った。

二人きりだ。

少し首をかしげ、柔らかいまぶたを細めてにこっとした。

むやみやたらにぞっとした。

第五章　ピアノ

1

十日以上、降ったりやんだりの雨が続いている。

陰鬱な気持ちがなおのこと沈んで、どす暗く地の底を徘徊《はいかい》する。

五月二日、金曜日。

世の中はゴールデンウィークだ。天気は悪いけれどレジャーの話題であふれている。

だが、私の心はそんな楽しさとはほど遠い。

車椅子を開いたり畳んだりするもどかしい気配。首をかしげながら何度も体温を測り直している高齢者。財布をひっくり返して健康保険証を探している中年男性。発作のように止まらぬ喘息《ぜんそく》のしわぶき。

待合室は混んでいる。

おしゃべりの声は少ないのに、ある種の喧騒《けんそう》に満ちている。空中を生ぬるく浮遊する雑菌たちの饗宴《きょうえん》か。

長期休診となる病院が多いなか、カレンダーどおりに開いているところを探してやってきた。睡眠薬と精神安定剤が欲しい。処方を頼んでも量を出してくれない医者もいるので、すぐなくなってしまう。

なかなか呼ばれない。隣の老婦人が「遅いわね」とつぶやく。まわりを見渡せば憂鬱な顔ばかり。みな連休明けまで待っていられない人たちだ。

去年一年、寝床から起きあがれず引きこもりになった。薬づけになった。今年奮い立って働きはじめてからは、かなり健康になった。しかし、Rの本性があきらかになるにつれ、また急速に悪いほうに逆戻りしている。

ここ数週間、辻の調査に動きがあって、新しい情報が一つ、また一つともたらされている。進展といえば進展だ。けれど進展するほど精神的ダメージが大きくなる。相手は不気味な化けものになって肥大していく。こちらは非力な虫になってしぼんでいく。

先月までは比較的気力があった。啓太や美咲と出かける元気もあった。が、いまはそんな気も起こらない。油断すると落ち込んで、いつの間にか井戸の底を這いずっている。楓子のために這いあがれとおのれを叱咤《しった》する。しかし、途中まで這いあがって、ずるずると滑り落ちる。一日のうちに上昇したり滑落《かつらく》したりする。

ここで寝込んだら元の生活に舞い戻りだ。自分に鞭打ってでも外出するほうがいい。働け。活動せよ。そのために安定剤がいる。かといって、飲みすぎると副作用で疲労が蓄積する。あまりに疲れると睡眠薬もきかなくなる。きかないから量が増える。種類を変えねばならなくなる。夜と昼が逆転する。時ならぬときに眠くなる。生活がめちゃくちゃになる。

精神科では大袈裟になるので、内科をはしごする。それでもだめならネットで買う。タイやシンガポールから届く割高な救世主。こんなことではいけないと思うが、どうすることもできない。

ふと視線を感じて顔を上げたら、小さな女の子が目の前に立って、じっとこちらを見ていた。

——あ。

絵本を胸に抱いている。

「すわる？　どうぞ」

座席に隙間をつくってあげると、「ありがとう」とお尻で一所けんめいよじのぼり、りぼんの靴をぶらぶらさせる。

——ひとりなの？

——お母さんか、お父さんは？

こっちが不安になる。

つるつるの膝。きゃしゃだけれどぱんぱんの腕。鶏ハム。魚肉ソーセージ。開いた本の上で光をはじいている髪の毛と、その下に覗いているまあるいほっぺ。桃。りんご。山形のさくらんぼ。子供はなんでこんなにきれいなんだろう。

絵本を閉じてこちらを向いた。無心ににこっとする。

なんて尊いのだろう。見られていることを気にしない。

「いくつ？」

と、訊いてみる。みっつ！　と、手の甲のほうで勢いよく三本の指を立てた。ちいさな貝みたいなみっつの爪。

「そう。大きいのね」

すべすべの髪を撫でたとたん、どおん――と、不快な塊が胸に来た。

ああ、いや。考えたくない。

Rも好きなのだ。子供。子供はきれいだから。おいしそうだから。好きってなに？

どういうふうに好き？

好きだから、かわいがっていっしょに遊ぶ。どういうふうにかわいがるの？

やめて。吐き気がする。

「最初は姉娘のほうが遊びにいっていたんです。でも、いつの間にか妹のほうも遊びにいくようになっていたらしくて——。思い出したくもない」

母親は眉をひそめ、忌まわしいものでも見る顔になった。そして、娘たちの名前が出るようなことは困る。しかし、あの少年に同じことをさせないための協力になるならば——と、秘していたできごとをぽつぽつと辻に語った。

2

それはRの父母が離婚して、母方の実家のある千葉県に移ったのちのことだった。二〇〇六年。Rは小学六年生で、その家庭の三軒斜め向かいに住んでいた。R母子は四カ月前に越してきたばかりで、近所づきあいはなかった。

その家庭にはA子とB子という、小学一年生と幼稚園の女の子がいた。二人とも近所で評判のかわいい子だった。ところが、ここ一週間ほど姉のA子の帰りが遅い。いつも隣家のN子と遊んで日暮れ前には帰宅するのに、ごはんどきまで帰ってこない。どこ行ってたのと尋ねても、うやむやなことしか言わない。母親は不審に思ってN子に訊きにいった。すると、昨日も今日もA子ちゃんとはいっしょではなかったと言う。

幼児の連れ去りや監禁事件がしばしば新聞をにぎわしていた。前年、隣の市で誘拐事件があった。にわかに不安になった。

気をつけなければと思いながら、母親はA子を風呂に入れようとして服を脱がせかけ――、鳥肌が立った。

A子はパンツを裏返しにはいていた。

いったいなにが？　と、血の気が引いた。

しかし、子供はときに大人の予想のつかない行動をとるものだ。トイレに入ったときになにかの拍子にぜんぶ脱いで、はき間違えたのかもしれない。

徹底的に問いただすべきか、そっとしておくべきか。からだを洗ってやりながら確認すると、どこにも傷はなく、不審な形跡もない。そこでとりあえず、「Aちゃん、いい？　明日からぜったいどこにも寄り道しちゃだめよ」と言い含めた。それでもだめなら自分が仕事を休んで必ずいっしょに登下校してくれるように頼んだ。それでもだめなら自分が仕事を休んで学校に迎えにいこうと思った。するとその後は早く帰ってくるようになり、胸を撫でおろした。

一カ月後の夕方、子供部屋で鋭い悲鳴があがった。なにごとかと駆け込んだら、A子が妹のB子の太腿に文房具のコンパスを突き刺していた。母親はなにをするのとB子をかばって抱きかかえ――、目の前がまっ暗になった。

B子はパンツをはいていなかった。

怪我そのものはたいしたことはなかったが、B子は恐怖でパニックになっており、なにを尋ねても受けつけない。姉のA子もかたくなに理由を言おうとしなかった。

母親は迷った末、近所のお母さん仲間のいく人かに打ちあけ、心当たりがないか訊いた。すると、数カ月前に同じようなことがあったと一人が答えた。自分の娘もパンツを裏返しにはいて帰ってきた。しかし、なんの傷もなかった。どこに行ってたのとただしたら、Rの家だと言った。なにをしていたの？　と尋ねると、写真を撮ったり絵を描いたりしていたと答えた。お兄ちゃんといっしょに遊んできただけだという認識であった。A子とB子の母親は、あの少年か——と仰天した。学校の行き帰りの姿を何度か見かけたことがあった。ほっそりとしていて、目や髪の色が淡く、外国人かと見まごう美少年だった。

さらに別の母親が言った。

「その子なら、猫が虐待されたと聞いたことがある」

あるとき近所の住民の飼い猫が戻ってこなくなり、電柱や塀にポスターを貼るなどして探していたら、Rの家の二階の窓にそれらしき姿を見つけた。網戸にしがみついて爪を立てているようだった。まさかと思ってチャイムを押したら少年が出てきて、ここにいると言う。少年は訪問者を二階に導き、奥の一室のカギを解錠した。

扉を開けたとたん、動物の糞尿臭《ふんにょう》が強烈に鼻をついた。猫は何日餌を与えられていなかったのか、骨と皮までに痩せこけていた。「なぜこんなことをするのか」と問いただすと、少年は「捨て猫だと思った。かわいそうだから拾ってきて飼っていた」と、表情も変えずに答えた。

かわいそうだから飼っていた——？　ならなぜ、カギなどかけて放置しているのか。

猫は数日後に死んだそうだった。

親たちは警察に届けるべきかどうか迷った。しかし、ご近所ということもあるので、とりあえず穏便に話しあおうと、揃ってRの母親に会いにいった。

するとRの母親は、自分は片親で仕事も忙しく、子供のしつけができていない、まことに申し訳ないと這いつくばるようにして頭を下げた。投げられる譴責《けんせき》に一言の反論もせず、ひら謝りだった。それを見て、親たちはいままでにも同じようなことがあったに違いないと推測した。

R母子はまもなく引っ越していった。

その後数カ月たって、A子とB子の母親は、A子になぜ妹を刺したのか改めて訊いてみた。すると、A子はひとこと言った。

「B子にお兄ちゃんを取られて、くやしかった」

名状しがたい思いに、胸がふさがった。

嫉妬だったのか——。

そして、気がついた。少年がB子のパンツを裏返しではなく脱がせて帰してきたのは、A子を遊びにいかせぬようとどめた自分への仕返しだったのではあるまいか――と。姉がだめなら、妹をやるまでさ。いたずらをちょっとエスカレートさせて、目印にした。

「またゾーッと、鳥肌が立ちました」

母親はひそめた眉を辻に向けた。

3

やめて。

額を十本の指でつかんで、かぶりを振る。

楓子。そんな卑劣な男に。

ふいに、「どうしたの?」という声がした。隣の女の子が黒目をぱっちりと開けて斜め下から覗き込んでいる。

「痛いの?」

「ううん、なんでもないのよ。ありがとう」

私は独り言を言っていたろうか。唸ったりしていなかったか。頭がおかしい女と思われていないか。伏し目のままそっと周囲を見まわす。向かいの座席の老人。週刊誌を読んでいる中年男性。隣に立ってスマートフォンをいじっている若者。とくに注目されているようでもない。ピンク色の看護師のズボンがせわしなく行ったり来たりしている。

大丈夫のようだ。ほっとため息をつく。

――ひどい男。

また心の端っこがするすると蔦《つた》を伸ばしていく。

そうだ。小さな女の子だけではない。大の大人も――。

餌食になるのだ。

Rの担任だったという先生の話。おととい辻から聞いた。

そういえば、美咲たちが言っていた。

――R君て、面食いじゃないの。

――まじめな子がいいんだよ。

――学級委員とか、書記とか。

――眼鏡っ子とか？

――好きなんだけど、好きって言えなくて、うつむいてるようなのがいい。

なぜそういう者ばかり食いものにするのだ。なんという趣味の悪さだ。いったいなにがおもしろい。

また髪をぐしゃぐしゃに掻きむしって、ハッと周囲を見まわす。

4

——R君のことを、教えていただけませんか。

辻が頼むと、元担任の女教師は、

「もう終わったことですから」

と、さほどの逡巡《しゅんじゅん》もみせずに肯《うけが》った。

すでに教師は辞めて小さな楽器販売店の事務員になっていた。小柄で、色白で、眼鏡をかけていて、美人ではないが不美人でもない。控えめで静かな感じの女性だった。

「あの子はまたなにかしたのですか」

逆に訊かれた。

いいえ、事件ではないのですが、彼が関係してひどく傷つけられた女性がいまして、と答えると、ああ、と納得した顔になり、

「亡くなったのですか」

と、言った。

勤め先の向かいの喫茶店であった。

ガラス越しに自分の店を眺めながら、Rとの間にあったことを、元教師は三十分ほど

も一人語りのように語った——。

始まりは、Rの二年生の担任になった夏休みだった。八月の初めごろ、Rの家を訪ねた。学校では夏休みのうちに家庭訪問をする慣行があったのである。

Rは両親がおらず、祖父母に育てられていると聞いていた。新卒で家庭訪問は初めてのうえ、事情のある家庭だから、多少緊張しつつ約束の日時にチャイムを鳴らした。するとRしかいない。理由を訊くと、祖父母はたくさん不動産を持っていて、ここはセカンドハウスのようなもので、ほとんど一人暮らしなのだと言う。食事や掃除はどうしているのと尋ねると、家政婦がやると答えた。それを聞いて納得した。Rのシャツはいつもまっ白で、きっちりとアイロンがかかっており、あきらかにクリーニングだ。手づくりの弁当を持ってこない。毎日売店で買っている。世話をしてくれる家族がいないのだと知った。

Rはたいてい一人である。他の子にはない陰がある。同級生といっしょのところは見たことがない。かといって孤立しているわけでもない。いじめられるタイプでもない。むしろ奇妙な迫力があって近寄りがたかった。いったいどういう子なのだろうと気になっていた。

しかし、初めて二人きりで話してみたら思いのほか従順で、尋ねれば質問にもちゃんと答える。自分には心を開いてくれるのかとうれしくなった。

茶色く透き通った目で、じっと見つめられた。その顔があまりにきれいなので、なんだかとろっとして、だんだんおかしな気分になった。

保護者がいないのだから長居してもしかたがないと思い、じゃ、と帰ろうとした。するといきなり手首をつかまれた。

「帰らないで」

息が止まりそうになった。

「お願い」

もう一度言われた。

「先生といると、安心する」

なぜだかわからぬが、つかまれた手を振り払う力がなかった。どうかしていると思ったが、抵抗できなかった。間近に接して初めて相手の大きさを知った。

数日後、「さびしい。きて」というメールが来た。心臓が飛び出るほどドキッとした。こんなことはいけないと思ったが、彼は孤独なのだ、複雑な心の持ち主なのだ、力になってやらねばと思った。

一度許した弱みともいえる。誘惑に負けたともいえる。けれどもそのときはそういうふうには考えなかった。相手はまだ子供なのだ。望みどおりに対応してやるのが大人の構えだと思った。

それからのちも、懇願とも命令ともつかぬ短いメールが、気まぐれのように来た。

「先生、きて」

「眠れない」

その要求は自己中心的で、あるいみではとてつもなくわがままだった。でもそれが度重なると、求められなくなるのが恐くなった。最初は自分のほうが上段に立っていたのに、気がついたら相手に上段に立たれていた。しかし不快ではなかった。下段にひざまずいて、異様に陶酔した。

二学期が始まって学校で会ったとき、顔から火が出るようだった。雲を踏んでいるようだった。一学期は勤めていてもおもしろくもなんともなかったのに、二学期は有頂天だった。人生の中であれほど胸が高鳴ったことはない。

自分は音楽教師だから、放課後はたいてい音楽室にいる。そこへRが来たことがあった。「弾いて」と請われてショパンの舟歌を弾いた。Rは黙ってしばらく聴いていたが、やがてそっと入口に返し、カギをカチリとかけた。「もういい」と言った。ゆっくりピアノの蓋を閉じた。手を取って、いざなわれた。

「汚れるよ」

グランドピアノの天鵞絨《びろうど》のカバーがすう、とはずされ、一瞬宙を舞って、床にのべられた。

途中で誰かがやってきて、ドアを開けようとした。しばらくガタガタ鳴らして、なにかつぶやきながら去っていった。その間《かん》、黒い天鵞絨の中で震えあがり、そのあと狂ったようになった。

Rは口数が少ない。好きだとも言わない。なにを考えているのかわからない。けれどただせなかった。そんなことをあからさまに尋ねてしらけさせたくなかった。だからじれて、じりじりと焦がれることになった。

関係があったのは、三カ月くらいだった。秋に急に冷たくなった。仲をかぎつけた子がいて、学校の裏サイトに「あいつらあやしい」と書き込んだのである。Rは面倒なことは嫌いだ。誰かとつきあうことも面倒くさがるが、誰かと争う手間も省きたがる。そろそろ潮時と思ったのだろう。

書き込みはRのことをひそかに好いている派手なグループの女子のしわざだった。Rはそういう子は好まないので、アプローチしてきたのに応じなかったらしい。その子はふられた腹いせに、なにかネタがないかかぎまわったのだ。

自分の中にも、教え子に深入りしてはいけないという諫《いさ》めはもちろんあった。だから、そのときを機《しお》に終わらせるべきだった。でも、耐えがたいものがあった。すでに心の中の掛け金のようなものがはずれていた。

学校へ行くと毎日Rの姿が目に入る。なんともいえぬ気分になる。Rはほとんど笑わない。だがなぜか、うっすらとほほえんでいるような顔である。目をそらさずにこちらを見る。なにも言わずにじっと見る。これが無上に雄弁だ。じわっとからだの芯がしびれて、巧みに犯されているようになる。

自分はそれまでRが求めてくるのを待つだけで、こちらから連絡したことはなかった。ノーと言われるのが恐くてできなかった。核心に触れることを言って、微妙な関係を壊したくなかった。が、たまらぬ気持ちになって、ついに会いたいとメールを出した。すると放課後、「体育倉庫にきて」と返事が来た。こんなところでと思ったが、拒めなかった。別れたくない——と、すがった気がする。そして、ハッとわれに返ったら、取り残されて外からカギをかけられていた。服はなかった。血の気が引いた。

Rは勝手な男である。彼はいわば一方的な物語の主人公であり、おのれの望みは悪魔のように完遂するのに、相手の望みには応じない。相手の想いなどはRにとってはただの面倒でしかない。

だから、こちらが要求めいたことを言ったとき、終わったのだろう。裸で震えながらそう悟った。翌朝、倉庫の不審に気づいた用務員に救出されて、即辞職を決めた。

いま思えば自分が馬鹿であった。子供のころからピアノを弾くことだけが取り柄で、恋などしたことがなかった。男の人など知らなかった。舞いあがってしまった。

しかし、Rのほうは知っていた。

想像だが、亡くなった母親が教えたのではなかろうか。母親はRを道連れに心中しようとしたことがあったと聞く。あの子なら、母親はものすごく愛しただろう。かわいくてしかたがなくて、たぶん溺れただろう。

なぜ――って、Rのあの理不尽な甘え方。あんな甘え方を許していた相手は母親以外にいない気がするから。

自分が知っていることはそれだけだ。高校は中退したそうだが、いやな噂が広がったせいだろうか。その経緯はよく知らない。そのあとのことは――。

「あなたのほうが、よくご存じなんじゃないですか」

元教師はひといきついて、ほほえんだ。

「亡くなられた方は、お気の毒でした。私もあの一件で人生が終わったような気がしています。でも、けっして悪いだけの思い出でもないのです。いま呼び出されたら、もしかしたらまた行くかもしれない」

向かいの店舗のグランドピアノを眺めながら、ぼうっとつぶやいた。

5

受付開始の九時ちょうどに来たというのに、待合室で一時間も待たされ、処方箋薬局でまた一時間近く待たされ、もう十一時を過ぎている。

すでにへとへとに疲れている。家からここまで歩いてきたのに、歩いて帰るのはもはや無理のような気がする。

マットを踏むとガラスの自動扉がすーっと開いて、「帰れ」と外に押し出された。だが、だめだ。座り込みたい。もう一度戻って診てもらおうかと本気で思う。

エントランスの傘立てから自分の傘を抜き取り、傘立ての縁につかまってしばし上体を預けた。心臓がどきどきする。暑くもないのに汗だくになっている。先ほども言われた。自律神経失調だ。この暖かさなのに血圧が一四五／一一〇もあった。大丈夫だろうか、私。

ふいにピリッと小さな音がして、電子メールが来た。

あ――。

辻。

「わかったことがある。三時ごろ新宿まで出てこられませんか」

なんだろう。心がはやる。

「はい。いつもの喫茶店で」

すぐに返信した。

にわかに燃料をついだ原付のごとくになる。

三時に新宿駅なら、二時にここを出ればよい。だったら早く帰って少し寝よう。二時間は横になれる。休んだら少しは元気が出るだろう。

急げ。エンジンがかかって気があせる。

車道に乗り出し、手を振るようにしてタクシーを止めた。

6

「見つけたよ」

と、辻が言った。

いつも使っている新宿西口の喫茶店の、いちばん奥まったボックスである。テーブルの上に茶封筒が載っている。

これ、と手先で進めながら、

「産婦人科」

片頬でニッと笑った。

「えっ！」

叫び声をあげた。

「しっ」とひとさし指を立てて制された。「目立たないで」

ああ、やっぱり楓子はわかっていたのだ。自分のからだのこと。

震えながら報告書を取り出そうとするつむじの上に、辻の小声の説明が重なった。受診したのはアパートから二キロほどのクリニックで、日時は——。

二〇一三年一月十日の午後三時。

「えっ！」

辻がまた「しっ」と指を立てる。

大いに予想されたような、逆にとほうもない大発見のような日付だった。一月十日の午後三時。

診断は——、妊娠八週。

「お嬢さんが亡くなった当日だ。お嬢さんはこの病院で診察を受けて、そのあとすぐRに『これから行っていい？』うんぬんの連絡をし、訪ねていった。そして三時間ほどなにごとかがあって、川へ向かった。そういうことだ。これであの日の筋書きは確定した」

本当だ。ようやくたどりついた。

覚えず深く息をつき、背もたれに倒れかかった。

「それにしても——」

目の前の男の顔をまじまじと眺める。

「よくわかったんですね」

驚きがはんぶん、恐ろしさがはんぶんである。個人情報保護とか守秘義務とかいうものはどうなっているのだろう。自分のことは棚にあげて心配になる。

「いや、たいへんだったさ。簡単であるはずがない」

目の前の表情がにわかに微妙になる。

楓子の健康保険証には産婦人科の受診記録はなかった。が、被扶養の若い女の子は親に知られぬよう、保険証を出さずに受診することがよくあるそうだ。すると、いつ、どこの病院を訪れたのか雲をつかむような話になる。だが、あんがい絞り込めるのだという。


まず、日時。

ふつう、女性が妊娠を疑い、病院に調べにいこうという気になるのは、生理が予定より三週間くらい遅れたころからが多い。一、二週間程度では、よほど待ち望んでいる人以外は行かない。人によっては一カ月以上遅れないと疑わない。

楓子とRがつきあいはじめた時期を逆算してカウントする。Rは十一月ごろから楓子とつきあっていたと証言した。LINEの記録を見ると、最初の日付は二〇一二年十一月十五日で、初めて二人で食事したらしきことがうかがえるやりとりだ。その日以降かなり早いペースで仲が発展し、肉体関係に進んだとして、最短級のシナリオで一週間以内に妊娠した、と仮に想定する。それから月経周期二十八日で計算していくと、ちょうど年末年始が生理が三週間遅れ、病院に行ってみようかというタイミングになる。

二〇一二年から二〇一三年にかけては、カレンダー上、正月休みが長かった。十二月の最後の金曜日が二十八日、一月の初めの月曜日は七日である。十二月二十八日以前に受診した可能性もないとはいえないが、年明け以降の受診のほうが現実的だ。とすると、受診日は楓子が一人暮らしのアパートに戻ったあとの一月七日から自殺する十日までの数日にとりあえず限定できる。

次に、病院。

後ろ暗いところがあって保険証を出さないで受診したいような場合、融通のきかない大きな総合病院にはまず行かない。かといって見るからにもぐりのにおいのするあやしげな病院も選ばれにくい。可能性が高いのは、住宅街の中のこぎれいな一戸建てのような個人病院である。

そして、場所。

受診して、どういう診断を下されるかわからない。堕胎するしない以前に正常でない妊娠の可能性もある。検査に通ったり、手術になって失敗する可能性もなきにしもあらずであることを考えると、あまり遠距離の病院は選ばないものだ。電車を使うとしても一駅か二駅。タクシーに乗るとしても一、二メーター程度の離れ方が理想である。

加えてもう一つ言えば、男性医師のほうが選ばれやすい。女医は未婚女性の妊娠にはしばしば説教をするから、あまり好まれない。

以上を総合すると、楓子の居住地からほどほどの近距離にある男性医師の個人クリニックで、一月七日から十日の間に、保険証を使わずに受診した二十歳くらいの大学生を探せばよいということになる。すると、百件以上の膨大な対象が一挙にわずか数件に絞られる。

むろんこの限りではないが、この範囲内から始めていくほうが効率としては抜きんでてよい。

「あとは目星の病院にもぐりこむってと、袖の下の問題」

当たり前みたいな調子で、名探偵が言った。

絞り込まれた条件の中に、楓子はじっさいにいた。

実名を使っていたそうだ。黙って考え込んでいた。まじめそうな子だった。——看護師の言である。

7

都心なのに、いつもあまり混んでいない喫茶店だ。保険の契約とか、外回りの営業社員がエクセルをいじるとか、長居の客が多い。中年がほとんどである。女性は少ない。若者はあまり来ない。

「もう一杯、飲みますか」

空のカップを見て、辻が言った。

おいしくもない煮詰まったようなコーヒーだ。いいえ、とかぶりを振って、

「辻さん」

相手の目を見た。

「ここまででしょうか。これ以上は無理ですか。そうやって二人が会って――」

「そのあと、なにがあったか？」

「ええ」

二〇一三年一月十日のあらすじはわかった。では、そこにどんな詳細があるのか。

「そうだな」

辻が黙って考える。

「遺書もないし、日記もメモもないし。部屋の中だから目撃者がいるはずもなし」

やっぱり無理か。おのずと伏し目になる。

「あるとすれば――」

「なんですか」

一転、身を乗り出す。

「Rのほうが誰かになにか話してないか。しかし、それを調べるのは至難の業《わざ》でね。うかつに踏み込んだらカンづかれる」

たしかにそうだ。

「秋葉原の仲間のほうを、あいかわらず探ってはいるよ。やましいハッカーが一人いるから、突くとしたらそこなんだ。おれはコンピュータ関係疎いんだが、助手に詳しいのがいるからやらせてる。しかし、ま、あんまり期待しないで」

ふたたび落胆する。

では、残る突破口はなんなのだろう。

「辻さん」

また、相手を見据えた。

「辻さんは、どういうふうに想像するんですか」

辻が目を上げた。

「そのとき二人になにがあったか?」

「ええ」

そうだな――。少しうつむき、深く腕組みした。帽子のつばで顔が陰になる。

「まあ、やっぱり揉めたんじゃない?　やつが生んでくれと言ったとは思えないよね。

おそらく堕ろせと言ったろう。しかし、お嬢さんのほうはいやだったんじゃないか。そういう性格なんだろう？　あなたがもし反対なら、私一人でも生んで育てます、とかいう覚悟で訪ねていったのかもしれない」

「私もそう思います」

「だけど、仮にそういう強い覚悟があったなら、お嬢さんはなぜ死んだのか。その疑問は依然として残るよね。よほど絶望的なことをされたか、言われたか」

「それが、あの縄の痕ですか」

辻が左右を見まわし、それもあるだろう、と小声で言った。

「お嬢さんは病院の帰りだ。間違いなくそんな気分じゃなかったろう。この先どうしようかと深刻だよね。それを――」

「無理やりしたっていうんですか」

――ひどい。

思わず椅子を倒して立ちあがりそうになる。

辻がまた左右を見渡し、落ちついて、という顔をする。

「あるいは、よくある最低な言葉として――」

「なんですか」

「ほんとにおれの子か？　と言ったとか」

──ひどい。

また立ちあがりそうになる。

「たしかにその証明はできないよ」

「楓子は二股をかけるような子じゃありません」

「いや、わかってる」

「それに楓子は──」

辻がなに？　という目をする。

「いえ、妊娠したとわかった女が、病院から子供の父親でない男のところに直行するはずがないでしょう。ふつうの神経なら」

「まあ、それもある。状況から言ったら、まずそれだろう」

興奮して喉がからからになっている。水滴のたくさんついたグラスに手を伸ばした。

その拍子に、急に思い出した。

──あ。

──ピアノ。

「辻さん、Rの担任の女の先生の──」

辻もハッとした気色《けしき》になった。

恋しい男が冷淡になった。別れたくないとすがった。そしたら体育倉庫に裸で置き去りにされた。それと似たようなことなのではないか。

マットの上の女教師。ベッドの上の楓子。

女教師はRの奇妙な性格も屈折した態度も不幸な境遇ゆえと考え、支えてやりたい気持ちだった。そして、その日まで相手がそこまで冷血なモンスターだとは気づいていなかった。

楓子も同じだったのではなかろうか。なにを考えているのかよくわからない相手だが、そんな複雑さも含めて理解してあげようと、弟に対する抱擁のような思いだったのではないか。楓子はそういう子だ。それがあの日――。

手ひどく裏切られた。

赤ん坊のことなど一顧だにせず、おもしろおかしくもてあそばれた。藁人形《わらにんぎょう》でもいたぶるように。ぐさぐさに。よその星の生物みたいな顔つきで。飽きるまで。

こういう男だったのかと、初めて悟った。

これは自分一人で育てればいいというような問題ではないとわかった。

――だめなんだ。

――生んじゃいけないんだ。

黒い前髪の下で、頑固な唇が真一文字に引き結ばれた。

マットの上の女教師。ベッドの上の楓子。

――彼はいわば一方的な物語の主人公であり、

――相手の想いなどはただの面倒でしかない。

鉛色の絶望が、楓子をその場所へ向かわせた。

真冬のまっ黒な川。

水底から重油のように粘つく泡が、ぶわぶわとせりあがってくる。逃れようと必死にもがくが、手足を縄で縛られて浮かびあがれない。

――お母さん！

――助けて！

グラスを握った手がわなわなした。

「気分が悪い」

「大丈夫か？」

「大丈夫じゃないです」

五本の指の股から、しずくが一滴、二滴、したたり落ちた。三滴。震える両手でつかんで、一気にぜんぶ飲みほした。

いつの間にか窓の外はすっかり暮れている。

「もうすぐ六時だけど、仕事は？」

仕事など――。

くそくらえ。

「もういい。今日は休みます」

かばんをつかんで立ちあがった。

「行きましょう」

8

壁紙のいみのない螺旋模様をぼんやりと目で追う。一つだけともっているキューブ型のランタンの明かり。こないだの部屋は酸漿《ほおずき》みたいな丸形だったけど——と、ばくぜんと思う。

「気分は」

と、訊かれた。

いいわけがない。

それには答えず、別のことを尋ねた。

「辻さんは、さっき、それもあるって言いましたね」

「なにが」

「赤ちゃんの父親がRだと思う理由」

「ああ」

光の加減で相手の横顔がいつもよりこけて見える。

「それじゃないならどんな推理があるんです。楓子が病院からRのところに直行したって以外に」

辻がごろりと向き直った。

「さっきは場所的に言うのが憚《はばか》られたが――」

「はい」

「きわめてシンプルに、やつはいつもナマでやってる気がするからさ」

――え。

露骨な言葉だった。

「意外と少ないよ。とくに不特定の相手と関係する場合はね。AVとかではよくあるけど、じっさいにはあんまりない」

なんと答えていいかわからない。

「理由は相手を妊娠させないための思いやりとかじゃなくて、たんに自分に病気がうつるのを心配してるだけだったりする。勝手だけど、現実問題きれいな子ばかりじゃない。むしろきれいな子ほど汚れてるもんだ。男だって無防備じゃない。わりと恐い。勇気がいると言ってもいい」

「そうなんですか」

「そうさ。信用できるものか」

聞き捨てならぬことを言われた気がした。信用できないのはこっちだって同じだ。失礼な。

辻が察して、すぐ「いや」と巻き戻した。

「そうじゃない。一般論だよ」

うすく笑った。

「だったらRはどうして」

「だからそれだよ。あいつは潔癖症なんだ。にもかかわらずってことは、よほど無菌状態の相手を厳選してるってことじゃない」

「そんな――」

そういうことなのか。Rがまじめな子が好きだとか、幼児が好きだとかいうのは、そういう意味なのか。

「私はもっと思想的な理由かと」

「思想的な理由もあるだろう。しかし物理的な理由もあるだろう。相手がきれいなら防御する必要もないわけでね。あいつは合理的なんだ」

合理的とか非合理的とかいう問題か。

「だから当然、子供もできる」

「ひどい」

「ひどいよ。そうなったら捨てる。あいつは面倒くさいことは嫌いなんだ」

なんという男だ。二十歳にもならないというのに、どこでそんな悪知恵をつけた。

「最低」

「最低だよ。だけど、その最低ってところが、またあるいみのポイントなんだろうじゃない。そんなひどい男の赤ん坊は、相手のほうがそもそも生もうと思わない。さっさとあきらめてくれる。だろ？　あいつは無駄がないんだ。いまどき堕ろす堕ろさないでそんなに揉めないよ。簡単だよ。揉めるとしたら手術の費用くらいだよ。やつは金には困ってないんだ」

「簡単じゃないわよ」

「お嬢さんはね」

そういうことなのか。だからわざと残酷非情なしうちをするわけ？　いやなら勝手に去れ？　けれど、たしかにそう仕向けているのかもしれない。楓子にも。あの女の先生にも。もしかしたら小さな女の子にさえ。

——なんてこと。

ふいに壁紙の螺旋模様が揺れた気がして、隣の部屋であやしい声がしはじめた。

「あいかわらず、壁が薄いな」

辻が無表情に言う。

「辻さんは――」

もつれた柄を目で追っていると、自分の気持ちまでもつれていく。

「Rはどうしてあんな性格になったのだと思いますか」

しばしの沈黙ののち、

「母親への復讐かな」

答えながらにわかに起きあがり、キューブ型の冷蔵庫からペットボトルを一本引き抜き、蓋をねじ切りながら戻ってきた。隠す気もないらしい。

「お母さん？　なぜ？」

「Rを道連れに死のうとしたんだろ？　母親。彼女もどっちかっていうと、きまじめで一途な人だったという。だから、Rがまじめなタイプを標的にするというのは、自分を殺そうとした母親へのなんらか形を変えた報復なのかもしれないね」

ああ――。

「じゃ、お母さんは、どうしてRを」

「殺そうとしたか？」

そうだな――と、天井を見つめた。

「ふつうに考えたら、暴力亭主に虐待されて、失踪されて、疲れ果てた末に――、とかいうんだろう。でももっと単純明快に息子を溺愛してたからかもね。担任の先生が言ってたじゃない。お母さんがRに教えたって。息子に教えて、のめり込んで、殺そうとした」

教えたって、それはまたどういう。なにをどういうふうに。頭がくらくらする。

辻が水を一口飲み、こちらを見て飲むかというそぶりをした。

いいえ、と首を振る。

「だから、それへの仕返し。やつは一人遊びの王様だから、支配されるのは気に入らない。かといって、愛されたい気持ちはある。奉仕されるのはいい。でもコミットされるのはいや」

なんだそれは。

「しかるべき獲物を見つけて、自分を溺愛するように仕向けた末に、捨てる。それがやつなりのプラスマイナスゼロで、一種、代償的なカタルシスなのかもしれないね。多少図式的だけど。それだけじゃ説明できないけど」

「関係ない人に腹いせして、ストレス解消してるだけじゃないですか」

「うまく要約するね。だけど、ま、理由など考えてもしょうがないさ。あったとしても風が吹けば桶屋《おけや》が儲《もう》かるくらいの因果関係しかない。悪事は悪事なんだ。背景を酌量《しやくりよう》してやる必要なんかない。どんな不幸があったって、人にやつあたりするやつはする。しないやつはしない」

ほんとにそうだ。歪んだ環境で育っても、歪まない人間は歪まない。バカにするんじゃない。いったい楓子がなにをしたというのだ。人をなんだと思っているのだ。

いつの間にか静かになっていた隣室に、またあやしい気配がしはじめた。

「わざと」

「え？」

——冗談じゃない。

——悪魔。

「薄いのかもしれませんよ」

「なにが」

「壁」

辻がじゃっかん驚いた顔をした。

怒りなのか憎しみなのか悲しみなのかわからぬものがないまぜになって、脳幹と脊髄《せきずい》にたけり狂った。

「そうだな」

隣の声は途中から聞こえなくなった。

9

ピンポンとチャイムが鳴った。

布団の中で、あ――と思うが、無視する。もう一度、ピンポンと鳴る。うるさい。このマンションを訪ねてくる人なんかいない。宗教の勧誘かなにかに違いない。

枕元のデジタル時計を見る。

「2014／05／04」「日曜日」

日曜日か。

ということは、昨日は土曜日だったのか。馬鹿者のようなことを考える。昨日の記憶が消えている。昨日はどうしたんだろう。

そうだ。金曜日の午後、辻と会って仕事を休んでしまった。それから疲れ果ててずっと寝ていた。なにか食べたっけ。なにも食べてない気がする。顔も洗ってない。ああ、退化している。

時計の隣にもらってきたばかりの薬の袋がある。薬がたくさんあると強気になる。たった一日寝て過ごしただけで、うつ病の暮らしに逆戻りだ。強気の逆戻り？　へんな言い方。だめ人間。だめだめ人間。怠け者。昔の私はもっと意志が強かった気がするのに。

もっと勤勉な働き者だったのに。

自己卑下し、自己嫌悪し、深く嘆息する。

いい。まあいい。明日からがんばろう。明日からがんばることにして、今日はいいことにする。

だけど——。

飼い主が目覚めたのを察して、ミャウが寄ってくる。

みゃうー。

——おかあさん、やっとおきてくれた。

と、言っている。

爪が伸びすぎていて、歩を運ぶごとにカシカシ、カシカシ、床が鳴る。ミャウは爪切りが嫌いで大暴れするので、いつも楓子と二人がかりで切っていた。楓子が死んでから一度も切っていない。

うーと鳴く。不満なのだ。

——おなかがすいた。

ああ、そうか、ごはんね。

身を起こすと、先導するようにいちもくさんに走っていく。かわいそうに、ずっと待っていたのだ。猫缶をぱっかん、と開けて器を定位置に据えると、すごい勢いで食べはじめる。

ごめんね。絵描きさん。

真剣そのもののベレー帽を撫で、また布団に戻る。

ほうっと枕に頭をつけると、瞳の端に黄色いものが滲んだ。ローテーブルの上の菜の花畑の写真だ。

目を流すと、かたわらに段ボールがある。開け口がトランプみたいに斜めに立っていて、二片の間から茶色いものが覗いている。

あ——。オランウータン。

誰がいじったんだろう？　なぜ段ボールの口が開いている？　どきりとする。

いや違う。こないだ自分で開封したのだ。楓子の参考書を引っぱり出したとき。そのままになっているのだ。

オランウータン。

去年のお正月、動物園のミュージアムショップで買った。楓子が買おうよと言ったのだ。菜の花の黄色と、ぬいぐるみの茶色がぼやけて混淆《こんこう》する。

考えてみれば。

あんな寒い時期に、楓子はどうして動物園などへ行こうと言ったんだろう。

かりんと乾いてまっ青によく晴れた日だった。冬だから閑散としていた。いつも行列ができているサファリパークのライオンバスも、すぐに乗れた。がらあきだから、二人ともゆったり窓際に座った。コアラの館でも、ユーカリの木にしがみついたふかふかの毛布みたいなのを間近で見放題だった。

そして——、オランウータン。

楓子の好きな、森の人。

親子だった。ジャングルジム型の遊具の上に悠然と座っていた。お母さんの大きなおなかに年寄りみたいな顔をした赤ちゃんが抱きついていた。かわいかった。「いいなあ」と見入っていた。

いいなあ——?

いいなあって、どういう意味だったんだろう。

年末年始。楓子は生理が遅れているのが気になっていたはずだ。今日来るか、明日来るか。

考えてみれば。

おせち料理。

異様に熱中してつくっていた。黙々と。れんこんをまるまる二本ぶんも花形にして、大根もにんじんもわんさと千切りにして、煮メと紅白なますの山の前で「つくりすぎちゃった」と照れていた。「食べればいいわよ」と笑いあったけれど、あれはそのことを考えていたからだったのか。もしそれを告げたら、Rはどう言うだろう――とか。

そういえば。

急にアフリカに行きたいと言いだした。

「そういうところに自分の場所があるような気がする」

あれも、どういう意味だったんだろう。あのときはやりたいことが見つかってよかったと思った。けれど、本当にそうだったのか。

「私が遠くへ行ったら、お母さん、さびしい？」

とも言った。もしRが渋ったら、自分一人外国に行って子供を生んだらどうだろうとか、夢みたいなことを考えていたのかもしれない。

そういえば。

楓子いい人いないのと、あのお正月にも訊いたのだった。「初詣くらい、行きたい人と行ったら？」。そしたら、「お母さんこそ、行きたい人と行ったら？」と返された。いままでずっと新しいお父さんなどいらない、お母さんと二人きりがいいと言っていたのに。

おかしい。

そうだ。よく考えれば、ぜんぶおかしい。

――楓子は何カ月もその男とつきあってたんやろ？

——母親やのに、なんでわからんかな。

修司になぜ気づかなかったのかとなじられた。晶子が気づいてやれたら、楓子は死なんですんだのに、と。

——自殺は他殺なんや。

ほんとにそうだ。あのときは怒り狂ってビールをかけたりしてしまったが、まったく言われるとおりだ。節穴だ。バカだ。どうしようもない。バカだからだいじな娘を——。奪《と》られた。

たった一つの宝物を奪られた。

はらわたが煮えくりかえる。

10

ごはんを食べ終えたミャウが戻ってきて、布団に並んで伸びて寝る。

——おなかいっぱいですか？

パイプをくわえた口の両脇をぐりぐりしてやる。続いて顎。ミャウはお耳も好き。みゃうーと満足の声が出る。

猫——。

あの男に拾われた猫は二階の小部屋で飢え死にさせられた。糞尿のにおいの中で。

リンチの少年は殴る蹴るされているのを見殺しにされた。スケッチの材料として。

母親は家ごと焼かれた。死にたいならお母さん一人で逝ってよと。

女教師は体育倉庫に置き去りにされた。裸に剝かれてカギをかけられて。

楓子は手足を縛って捨てられた。食べ残しを生ゴミ袋に投げ込むみたいに。

そうか。

だから、濡れた洗濯物は干しっぱなしなのか。

——放置犯。

最悪の遺棄の仕方。

——もういいよずいぶん遊んだから。

——もういいよ飽きちゃったし。汚れちゃったしかたづけんの面倒くさいし。

なんて男だ。許せない。

いっそ、正面攻撃しようか。状況証拠は揃った。いっさいがっさい目の前に並べて、どういうつもりだったのか問いつめてみようか。

いや、だめ。うまく逃れるだろう。すり抜けるだろう。なにしろあいつはいままでに一度もしっぽを出したことがないのだ。

だったら？

忍びよって復讐する？　しのごの言わずにやってしまう？　逆恨みではない。やつあたりでもない。これは当然の――報復だ。だって間違いなくあいつが楓子を追いつめたんだもの。

修司が言ったではないか。

――自分の意志による死《しい》なんてものは、この世には存在せんのや。

――自殺は他殺なんや。

啓太も言ったではないか。

――かたきをとってもいい場面って、現実にはあるんじゃないかと思いますよ。

――こいつをあの世へ送る方法ないのかなって、まじで考えることありますもん。

辻も言ったではないか。

――あんたさえその気なら、おれはやつをやったっていいと思うよ。

――ムショに入る覚悟があるんなら。

どうやって？

電車の線路に突き落とす。刃物で突き刺す。農薬を飲みものに混ぜる。できるだろうか。

いや、できるかできないかじゃない。やるの。

毒殺。やる？

植え込みの中でコの字形に固まって死んでいるミャウ。裂けた口から覗いている舌の上を、蟻がもぞもぞ這っていて――。

やっぱりできない。無理。

無理じゃない。やれ！

いや、だめ、できるわけない。

ああもう、こんなマンション、引きはらってしまおうか。コンビニなど辞めようか。

いやだめ。やっとここまで来たんじゃない。ここまで来て逃げだすの。楓子の悲しみをぬぐってやらないの。恨みを晴らしてやらないの。楓子の絶望を見捨てるの。母親なのに。

段ボールから覗いている、オランウータン。

楓子の好きな、森の人。

――いいなあ。

お母さんのおなかに赤ちゃんが抱きついていて、かわいかった。楓子はそうなれなかった。なれなかった楓子のために、やらないの？

やるの？　やらないの？

やれよ！

――これはどのみち法ではかたづかない話だ。

ほら、窓の外に今日もまた無念の洗濯物たちが。

くびれてぶら下がってるじゃないか！

――誰か、助けて。

布団をはねて、起きあがった。

枕元におとといもらった薬がたくさんある。三つ、四つ、五つ……。ラミネートをぷちぷちと押しあける。こんなに薬に頼って、ほんとにだめ人間。だめだめ人間。なんの能もない。

でも、今日はいいよ、日曜日だもん。今日はいいことにして、明日からがんばる。

だんだん、ぼんやりする。

テーブルの黄色の向こうに、赤いものがゆらゆらしている。

なんだっけ？　ああ金魚だ。まだ一匹生きてるんだった。餌は？　いつやった？

――私も、放置犯？

ふふ。

明日、もう一度試そう。

予行演習。

11

事務室を覗いたら、Rが一人で座ってゲームをしていた。

「Rさん、お先に」と声をかけると、にこっとして、「坂井さん、見て」と、手招きした。

「なあに」

近寄って覗き込むと、キャラクターがずらりとある。ああ、これが美咲ちゃんの言ってた死んでるキャラクターね。私には違いがわからないけど。ただのアニメに見えるけど。

「まあすごい、上手じゃない」

と言ったらうれしそうに笑い、「帰らないで」と、いきなり手首をつかまれた。

「お願い」

こちらをじっと見る。なんてきれいな子だろう。しびれたように抵抗できない。

「坂井さんといると、安心する」

「じゃ、コーヒーでもいれましょう」

ゆっくりと手をほどいて、コーヒーメーカーをしかける。こないだ薄すぎるコーヒーをいれて失敗した。今日は上手にいれなければ。大丈夫。いくらドジな私でも、そう何度もしくじらない。落ちついて。

Rはいつも白いマグカップで飲むのだ。ほら、ちゃんとここに用意されている。

「どうぞ」

すると、なんということだろう、この男は手を後ろに組んで首を振るではないか。

「ぼく、人からもらったものは食べないことにしてるんです。昔、母親に殺されそうになったことあるんで」

なにを言うの。今日はなんにも入れてないのに。ああ、先手を取られた。顔が赤くなる。すうっとコンベヤで運ばれるように自分の位置が後退する。Rの姿が遠くなる。

「どうしたの、先生」

ピアノの前に座っている。

Rが寄ってきて、手首を取って導かれた。

「汚れるよ」

黒い天鵞絨がふわりと舞って、床にのべられた。

やめて――。

身を引こうとすると、

「どうしたの？　教えてくれたのお母さんじゃない」

首をかしげて、にっこりした。

ああ、そうだった。いまさらなにを躊躇《ちゅうちょ》するの。教えたのは私だ。かわいくてしかたがない私の子。こんなに美しい私の息子。でも。

――これはしてもいいことだっけ。

――いいんじゃない？ だって私、修司のことは愛してないもん。

ふと、二階で猫が鳴いた。

ミャウ？ どうしたの？ さっきごはんあげたでしょ。

階段をのぼっていくと、猫ではない。人間の女の子の泣き声だ。

つきあたりのドアが細く開いている。うう……とか、くく……とか、言っている。違う。泣き声じゃない。笑い声だ。なんだろう。楽しそう。なにをしてるの？

隙間から覗いたら、Rが後ろ向きに椅子に座っていて、その脚の両脇に女の子の細い脚が二本ぶら下がっている。その足首のかたほうに――。

白いパンツがひっかかっている。

――やめなさい！

と、叫ぼうとするが、喉を締めつけられているようで声が出ない。

やめさせなければ。もう何度目だろう。近所から苦情が出ている。

でも、この子を責められない。だって私がぜんぶ教えたんだもの。

いや、違う。よく考えろ。おまえはなににショックを受けている？　それはわが子への諫めでも責任感でもないだろう？　ただの――。嫉妬じゃないか。

――ああ。

――そのとおり。

どうしてB子がいいの。どうしてあたしじゃないの。

「お母さん、大丈夫？」

背後でやさしい声がした。

「さっきはごめんね」

振り返ったら、Rがマグカップを持って立っている。

「コーヒー入ったよ」

首をかしげてじっと見ている。なんて美しい子だろう。

「さあ」

手を取られ、握りしめていたコンパスを奪われた。代わりにカップを握らされる。

「飲んで」

私が生んだ子だ。だから私が飲まなくてはいけない。震える手で口に運んだ。

ああ、私はけっきょくこの子を殺せなかった。殺せなくて自分が死ぬ。先手必勝だったのに。あとひといきだったのに。不器用だから人生いつも負けてばかり。

「飲んで」

もうひとくち口に含んだ。

とたん、臓腑《ぞうふ》がはがれ落ちる激痛がして、なま温かい液体が太腿を伝った。足元を見たら、生卵を割ったみたいな血だまりだ。

そのどろどろの液体の中に、なにかの塊が、なにかの赤い塊が――、混じってピチピチはねている。

赤ちゃん？

じゃない。

金魚。

――楓子のおとうと、死んじゃった？

血がしたたるたびにきれいなぎざぎざの輪郭が形成される。まっ赤な王冠《クラウン》が、次々に。ピテピチと、ピチピチと。

壁を伝って崩れ落ちながら、懇願した。

「Rさんお願い、救急車呼んで、１１９番」

頭上の男はこちらを見下ろし、柔らかなまぶたを細めてふうっと笑った。ホットケーキにメープルシロップがとろっと流れる。血だまりが月の輪みたいな形になって、白いスニーカーの足元にとろっと流れる。

「お母さん、教えてくれてありがとう」

マッチをしゅるっと擦って、落とした。

赤黒い液体にぼっと火がついた。

12

なにかに引き戻された気がして、がば、とはね起きた。

何時？

四時半。

午前？　午後？

明るい。なんだ、まだ夜じゃないのか。また横になりかけた。

「2014／05／05」「月曜日」

――違う！

ふたたびはね起きた。

いったい何時間寝ていたのだろう。日曜日の続きじゃない。もう月曜日だ。夜昼も日付もめちゃくちゃだ。起きなくちゃ。仕事にいかなくちゃ。金曜日も休んだのだ。今日はなんの連絡もしていない。あわてて着替え、顔を洗う。頭が重い。最悪だ。

　エレベーターを降り、お決まりのように向かいの三階建てを見上げる。

　Rはいるのだろうか。

　その目をおろして窓の真下の草むらを見やると――、

　白い猫の死体が転がっていた。

　ひっ！　と飛び退《の》いた。違った。口を結んだ白いコンビニ袋だ。

　こんなことで、大丈夫か、私。

　高校通りの角を曲がると、見慣れた黄色と緑の縞の看板が見えた。少しほっとする。

　そうか、この感じなのか、啓太が言っていた夜空の星。まだ夜じゃないけれど。地元の人の110番とか。駆け込み寺とか。街の掲示板とか。警察よりずっと身近で、しかもちょっと温かい。

　店に行ったら啓太としゃべろう。頭がはっきりするだろう。

「柏餅、いかがですか」

　だしぬけに元気な声がした。目をやると、茶色のユニフォームに白い三角巾をつけた女の子が二人、歩道に出ている。隣の和菓子店の売り子さんだ。

――ああ、こどもの日なのね。

五月五日。端午《たんご》の節句。入口のワゴンに柏餅が山積みになっている。「つぶあん」「こしあん」「みそあん」と三枚、大きな札が下がっている。

ショーウインドーを見やると、三方《さんぼう》の上に菖蒲《しょうぶ》と蠟細工の柏餅のミニチュア。壁面には小型の鯉《こい》のぼりと、赤黒金の水引《みずひき》細工の兜《かぶと》が飾ってある。

男の子のお祝いだ。まさかそれでRが自分の子になった夢を見たわけでもあるまいに。

苦笑した。

Sマート高校通り店

2014/5/5

11:00 p.m.

1

十一時十分。

店内には男性客が二人いる。

一人はＡＴＭで預金を引き出している。店の並びの整体院の人だ。いま帰りなのだろう。

もう一人は毎週この曜日のこの時間に、この日発売の週刊マンガ誌を立ち読みにくる男性だ。でも雑誌は買わず、特定の連載頁だけを読み、読み終わると必ずカップラーメンとプリンを一つずつ買って帰る。ちょっと変わった人である。

静かだ。車も通らない。今日はもうずっとこの調子だろう。

――あと、一時間か。

Rと二人きりだから、居心地が悪い。不安と、恐怖と、憎悪と、ある種の好奇心のようなものがないまぜになる。

こういうときは無理にでもなにかするほうがいい。でも今日は暇だったから、やるべきことはあらかたやってしまった。前出し、在庫整理、消耗品の補充、ゴミ箱のかたづけ、店頭の掃除、冷蔵庫のガラス磨き。あとなにをする？

店長や啓太からとくに頼まれたこともない。ワークスケジュールシートを見て考える。中央の下のほうの陳列棚でもきれいにしようか。日用品や調味料の棚はあまり動かないから、埃《ほこり》がたまっているかもしれない。それがいいか。

できるだけRから死角になるところにしゃがみ込む。商品を出して、棚板の汚れを拭う。商品を戻しながら顔を整える。ぴしっと線が揃うとやはり気分がすっきりする。

そのとき。

扉が開いて、ほとんど「ませ」しか発音されないRの声が響いた。

首を伸ばして見やると、女子高生である。小柄でおとなしそうな、よく見かける子。

Rのファンその一だ。

——あら？

妙な気がした。

一列目の化粧品のコーナーに行く。

あの子は夕方、公衆電話のところにいなかったっけ。柴犬と遊んでいたのは、この子ではなかったっけ。こんな遅い時間にどうしたのだろう。

よそ見をしていたら品物の山を崩してしまった。カセットボンベが倒れて、ゴミ袋とタオルとガムテープがざっと床に落ちる。

――ああ、もう。

あわてて戻していると、ATMの客が出ていった。そして、閉まりかけたドアがもう一度開いて、女の子も出ていこうとした。とたん――。

Rがレジから抜け出て、大股に走り寄って腕を取った。

「ちょっと」

立ち読みの男性が、不穏な気配に振り返った。

Rが連れ戻した女の子を、

「こっちへ」

事務室のほうに導いていく。

――あっ、万引き?

絶句した。

珍しいことではない。繁華街の店舗などでは日常茶飯事と聞く。しかし、この店ではあまりないし、少なくとも私は一度も経験したことがない。いやだ、店長もいないのにどうしたらいいんだろう。こんなときに、よりによって――。

ドアが開いて、また一人男性客が入ってきた。まっすぐアルコール類の棚のほうへ向かっていく。目を奪われていたら、いつの間にか立ち読みのお客がレジに来ていて、「お会計して」と言う。

あっ、すみません、とあわてて戻ると、

「なんかやったの？　あの子」

好奇心まんまんである。いやな男。にやにやしている。

下を向いて、「いえ、私は見てなかったので」とレジを打つ。やっぱりカップラーメンとプリンである。

常連の子なのに。悪気じゃないのだろうに。だからといって見逃すわけにもいかないし――。

事務室の様子が気になる。

「ありがとうございました」

と、客を見送ったところに、事務室の二人が揃って出てきた。

思わず残り一人の男性客を見やった。なにも気づかず、どれにしようか酒を真剣に物色している。

「坂井さん、店長も啓太さんも電話出ないんで、そこの交番行きます」

Rが周囲をさっと見渡して、小声で言った。

いつもの顔である。まったく動じていない。Rはこの仕事が長いから慣れているのかもしれない。女の子は観念しているのかうつむいて、まったく無抵抗に肘のあたりを取られている。

そうか――、交番。

見慣れた交差点の風景を思った。犬好きの年配のおまわりさん。元気な若いおまわりさん。あの人たちがちょっとさとして、保護者の人を呼んで、放免してくれたらよい。店長もいないし、そっと連れていっておまかせしてしまう。それがいいかもしれない。おそらく近所の子だ。ここでおたおたして野次馬にじろじろ見物されでもしたらかわいそうだ。

「店のほうは、いいですか。ぼく、もうあがりなんで」

Rが言う。

「はい。大丈夫です。気をつけてね」

酒棚の客をうかがいながら、返事をした。

「店長と啓太さんには、ぼく、またあとで電話してみます」

折り重なるような形で二人が出ていくのを、なんとなく茫然と見送った。

2

あの子。

どういうつもりだったのだろう。なにかいやなことでもあったのだろうか。情緒不安定だろうか。受験のこととか。親と喧嘩とか。それとも友達関係？

いや、もしかして——。

R？

ハッとした。

夕方覗きにきたときにはまだRがいなかったから、いまもう一度会いにきたとか。

そんな。

いや——、ありうる。

では、どうして万引きなど？

Rの気を引きたい、とか？

そうか。そういう心理もあるかもしれない。子供がときどきやる。振り向いてもらいたい。見つけてほしい。叱ってほしい。だから、無意識のうちに悪さをする。好きゆえにやる。そういうこともあるかもしれない。

だしぬけに、啓太と美咲の会話がよみがえった。

――R君て、面食いじゃないの。

――まじめな子がいいんだよ。

――学級委員とか、書記とか。

――眼鏡っ子とか？

どきりとした。

あの子。

Rの標的になるタイプ？　楓子……に、ちょっと似ていた？

Rはそういう弱点をかぎ取ってもてあそぶ男だ。

辻の言葉がよみがえった。

――あいつは潔癖症なんだ。

――よほど無菌状態の相手を厳選してるってことじゃない。

横面を張られた気がした。

――危ない。

思わずレジから飛び出した。足がもつれてカウンターに腿をぶつけた。よろけて倒れそうになった。

表へ走り出ると、二人はちょうど文具店の角を曲がったところだった。

——違う！

交番じゃない。交番はまっすぐだ。その先に赤い明かりが見えている。

二人が消えた歩道に、マーガレットのプランターが虚《むな》しい白の点線を描いている。片足をひきずって追いかけた。文具店の角にたどり着いたら、こんどは次の角を左に曲がった。

心臓が早鐘のように鳴っている。ああ、家だ。自分の家へ連れていく気なのだ。なにをする気？

——だめ！　行っちゃだめ。

追いかける？　でも店は？

１１０番する？

いやだめ。警察になんと説明するの。なんの疑いで、誰を逮捕してくれと言うの。どうしよう。店長、啓太君、ほんとに電話つながらないの？

あわてて取って返すと、レジで男性客が待っていた。

「なんなの。早くしてよ」

怒りの声を浴びせられた。

すみません、すみません、と処理しながら、手がわなわな震える。

「申し訳ありませんでした」

頭を下げて客を見送るや、事務室に走り、かばんの中身を床にぶちまけ、携帯電話をつかみあげた。

──啓太君！

1コール、2コール、3コール……。留守番電話サービスになった。

ほんとだ。出ない。

もう一度かける。1コール、2コール、3コール……。留守番電話。だめだ。

──じゃ店長は！

1コール、2コール、3コール……。留守番電話。だめ。

いま何時？　十一時四十分。そろそろこちらへ向かっているのじゃないか。いや、遅くなるかもしれないと言っていた。だったらしばらく帰ってこないか。どうしよう。

もういっぺん。

──啓太君、出て！

1コール、2コール、3コール……、鳴ったところで──。

ドアが開いて、啓太が携帯電話を耳に当てながら入ってきた。

まろぶように駆け寄った。

こちらの恐怖が伝染して、啓太の顔がひきつった。

「なっ、なんですか？　強盗？」

食いしばっていた奥歯が解かれたとたん、涙が出た。膝が砕けた。ずるずると砕けながら、相手の腕に取りすがった。

「お願い啓太君、R君の家に行って。すぐ行って。知ってるでしょ彼のおうち。この裏の、あの古いアパートの二階。R君、さっき万引きの女の子つかまえて、交番行くっていっしょに出ていったの。でも交番じゃないの、女の子連れて自分の家に帰ったみたいなの。なにするかわからないの。啓太君、お願いすぐ行ってノックして。間違ってもいいから。出なかったらドア蹴破って踏み込んで。なんでもなかったらそれでいいんだから！　手遅れになるよりいいんだから！」

啓太の顔色がみる間に変わった。

「わかったっ！」

即座に駆けだしていく後ろ姿を見送ったあと、放り出された啓太のかばんを拾い、レジカウンターの内側に置いた。

備品類がごちゃごちゃと積まれた脇に、フットスイッチが目に入った。踏むと店頭の赤色回転ランプが点灯し、警報が鳴る。レジ強盗にそなえて設置してあるものだ。

踏もうか。いやだめ。こんなものを鳴らしたら近隣に知れておおごとになってしまう。もしなんでもなかったらどうするの。

「違うの——」

両手で胸を押さえた拍子に、首からさげている紐に手が触れた。アッ、と思った。

——そうか、これか！

契約している警備会社への連絡装置だ。非常のときにボタンを押すと警備員が駆けつけてくれる。いまのいままでただの首飾りのようにしか考えていなかったものの役割が初めてわかった。

紐の先についている装置を胸ポケットから引っぱり出した。ボタンを思いきり押した。

これでいい。誰か来てくれる。

カウンターの引き出しを開け、マジックとガムテープを取り出した。コピー機に走って、B4の紙をひったくるように一枚抜き、「閉店」と大書した。

事務室に走って店長のデスクから店のカギをつかみ、折しも入ってこようとしたお客を、「すみません、緊急なんです」と押し戻した。

ガラス扉に「閉店」の紙をガムテープで貼りつけ、開店以来おそらく初めて使われるのであろうカギ穴に錠をかけ、駆けだした。

3

うす暗いアパートの二階の廊下に半開きになっている扉が一つあって、漏れた明かりが洗濯機で直角に折れ曲がり、矩形《くけい》の筋を描いている。

部屋に飛び込んで――、凍りついた。

窓の前に激しく揉みあう二人がいて、大柄なRが小柄な啓太の首を吊りあげるように絞めている。改めて頭一つ体格が違うことがわかる。物凄《ものすご》い腕力だ。Rの下半身は生々しく剝き出しである。

鉄製パイプのベッドの柵に、両手を頭上に縛られて口に布切れのようなものを突っ込まれた女の子が、断続的にひいいー、ひいいー、と絞るような悲鳴をあげている。ブラウスのボタンがはんぶんはずれて、まくれあがったプリーツスカートの下で脚を折り曲げ、裸の股を必死に隠している。

「なにしてるのっ！　やめなさいっ！」

右手に流し台がある――、と思うより早く、観音扉を開けて裏側のポケットから包丁をつかみ出していた。

「Rっ！　おまえはっ……、おまえはっ！」

絶叫した。

自分の怒声を聞いたとたん、カアアッと逆上した。なにを言っているのかわからなくなった。

こんな最低の男に。楓ちゃん。

「この、きちがいっ！」

ふいに——。

目の前に突き出している凶器の中に、見慣れたものを見た気がした。

その刃《やいば》はギラギラと波形にうねるように光っていて、刃こぼれもなく凄《すさ》まじく冴えかえっていて、これは楓子の研ぎ方だ、楓子が研いだのだ、楓子は料理もしてやっていたのだ、楓子にこんなに鋭く研ぎあげられて、この一年、このときを待っていたのだ——と、絶対的に確信した。

楓子がこれを自分に握らせている。このえげつない男の、無駄に勃起している一物を斬り落としてやる、と思った。

あの年の瀬の夜、キッチンに立って無心におせち料理をつくっていた楓子。

紅白なますにする大根とにんじん。煮〆にするれんこん。

白の大根をつかんで包丁を振りあげ、思いきりスパーッと断ち落とした。

赤のにんじんをつかんで包丁を振りあげ、一気に振り下ろした。

土つきのれんこんをつかんで包丁を振りあげ、一刀のもとに両断した。

「Ｒっ！」

包丁の柄を両手でぐっと握り、もうひといき突き出した。

「楓子にもっ……」

電流が流れるように、刃先がビリビリと震えた。

「うちの楓子にも……、同じことしたのかっ！」

Rが弾かれたようにこちらを見た。

驚愕《きょうがく》に目を見開いている。

「Rっ、おまえがうちの子を殺した！　赤ちゃんまで！」

さらにRの顔つきが変わった。啓太を絞めあげながら、傲然と見返した。すべてを悟ったようだった。茶色い瞳は透明ではなく、どす黒く濁っていた。美しくもなんともなかった。残忍な悪鬼だった。ついに本性をあらわしたと思った。

「人の弱みにつけ込んで！　この悪魔っ」

ぐ……、ぐ……と、啓太が声にならない声をあげた。顔面はすでに紫色に変色している。Rの指が首にめり込んで、こめかみの血管が大ミミズのようだ。渾身《こんしん》の力を絞って相手の指を掻きむしっている。

――いまならば、やれる！

と、思った。

――そうだっ、いまだ！

その刹那、まっ白な宇宙の中で後ろから頭を叩きのめされた。

落雷のように、自問の声が降った。

——いまならば？

——やれる？

なんだそれは。

主客がぐるりと反転して、おのれの姿を宙から見た。

派手な縞の制服を着て、額に青筋を立てて、ぶるぶると刃物を握りしめている中年の女。髪を振り乱し、涙と鼻水を垂らしている母親。

おまえはなにがしたいのだ。誰のためになんのために？　仕事も生活もお金もすべてなげうって、必死になって命をかけて。

——そんなお粗末なゴールか？

頭も悪い。顔も悪い。運も悪い。要領も悪い。でもまっすぐなだけが取り柄だったのに。卑怯なことは大嫌いだったのに、そんな保身の発想か？　愛する娘の無念を晴らすのに、わが身を引き換える覚悟もないのか？

ふいに啓太が身動きして、後ろ手にデスクの上を探って電気スタンドの曲がった胴をつかんだ。と、思う間もなくRは啓太の腹に蹴りを入れ、ますます首を絞めあげた。スタンドが啓太の手を離れて落下し、電球がパン、と砕けた。火花が散った。女の子が悲鳴をあげた。

コードがもつれてデスクの上に載っていた一眼レフのカメラが落ち、ケーブルでつながっていたノートパソコンがくるりと回転して、こちらを向いた。

とたん――。

頭の中が爆発した。

――楓子っ！

パソコンの画面に、薄いグリーンの布の前で、はにかんだような笑顔でこちらを見上げている楓子の写真が映っていた。

きらきらと瞳が輝いていて、頰がばら色に上気していて、まるで別人のようにきれいな顔。

いや違う。楓子じゃない。これは目の前にいるこの子の、いま撮ったに違いない顔。

いや同じ。これだこのグリーンのベッドカバー。この前で撮ったのだ。楓子のあの可《か》憐《れん》な笑顔。

そう同じ。恋をしている女の子の顔。

――ああ、私に。

また打ちすえられるように、おのれの姿を宙から見た。

――いったいなんのために。

目の中の光景が、ぐわらぐわら回転した。

――ごめん楓ちゃん、お母さんは。

――わかってなかった。

啓太がまた身動きしてコードが引っぱられ、パソコンが床に落下した。ブッといやな音がしてディスプレイにひびが入り、黒煙があがった。女の子がふたたび、ひいいー、と絞り出すような声をあげた。

大きな涙が、ビー玉のようにぼろぼろ、ぼろぼろ、こぼれた。

泣かない楓子もこんなふうに泣いたのか。

いったいどこの神様が、いったいなんの罰で、こんな痛みをお与えなさる。

はんぶん飛び出した啓太の目と、目が合った。口から泡を吹いている。う……ぐ……と苦悶《くもん》の呻《うめ》きをあげている。

待ってて啓太君。いま助ける。

「Rっ、やめなさいっ！」

――決着をつけよう。

おのれの背を崖から突き落とすように、おのれの両手で、どん、と衝《つ》いた。

包丁の柄を握りしめて、渾身の力を込めて――。

――やれ！

突き立てた。

橋の欄干から、ぽーんと飛び降りた。

ギンギンに輝く二十センチの刃が、胴体の中にすべて呑みこまれた——証拠に、柄を握りしめた指に腹の肉がぎゅう、と当たった。

——ああ……。

——こんなに、簡単だった。

——早くやればよかった。

——楓ちゃん。

——これで、すべて終わる。

第六章　虹

1

目の前いちめんに花畑が広がっていて、かなたに大きな虹がかかっている。膝の高さほどに群れ咲いた黄色の花。ああ、楓子の好きな菜の花だ。

どこだろう——。

左右を見渡したら、虹のたもとに白いテニスウェアの楓子が立っていて、

「お母さん、早く来ないと渡っちゃうよ」

と、言う。

待って楓子、行かないで、と追いかけるが、花の茎が足にもつれて近づけない。

そのうちに白いウェアはじわじわとアーチをのぼり、七分目あたりに到達すると、ひょいと柵を乗り越えて身を投げてしまった。

——ああっ、だめ。

思わず下方を覗き込むと、大きな川だ。

落ちていく。どんどん落ちていく。大の字に落下しながら、首をねじって天を仰いだら、楓子とRが欄干から身を乗り出している。

「馬鹿ね、お母さんが死ぬことないのに」

カメラを構えて写真など撮っている。まるで仲のいい恋人みたいじゃないか。

ふたたび大の字になって落下する。大河である。海のようだ。海峡か？　白い船が通っている。水面までずいぶんある。なかなか落ちない。首をねじってまた天を仰いだら、こんどは修司と愛人が欄干から乗り出している。

「あほやな、晶子、正しいことしかせえへん」

修司が言う。

「そんなんじゃ、生きていけないでしょ」

愛人が言う。

「あほでけっこうよ」

と、言い返す。

「私、もう、終わりにするんだから」

すると、

「じゃ行けや。餞別《せんべつ》」

花を投げてくる。どんどん、どんどん、投げてくる。黄色い花が降ってくる。そのうえにシャワーのように紙テープが乱れ舞う。青空に筋を描く七色の繚乱《りようらん》。

ああ、そうか、出航なのだ。パン、パン、パンとクラッカーの音がする。陽気な三角帽子。とりどりの縞が空に散る。

そうだ、楓子は旅立ったのだ。私は見送りにきた。

いや違う、私が船出するのだ。これからアフリカへ行く。

怒っちゃだめ。泣いてちゃだめ。旅立ちだ。私も花を投げなくちゃ。腕いっぱいの菜の花をデッキから海に投げ入れる。

さようなら楓子。さようなら見送りの人たち。岸がだんだん遠ざかる。あ、修司がいる。愛人もいる。姑もいる。両親もいる。Rもいる。

パン、パン、パンとクラッカーが鳴る。宙を舞う色彩の分光《スペクトル》。

手すりをつかんだまま見渡したら甲板もすべて花畑で、両岸も黄色い花でいっぱいだ。

ああ、ここは、ひねもすのたりのたりの墨田の堤。

汐入《しおいり》大橋、白鬚《しらひげ》橋、言問《こととい》橋、吾妻《あづま》橋、蔵前橋、両国橋、永代《えいたい》橋。七つの橋の川下り。

上空の矢印が行く手を示している。

移りゆく七色の階梯《きざはし》。天国へ続く虹の橋。

そのたもとで楓子が手を振っている。

白いテニスウェアを着て、

「お母さん、早く来ないと渡っちゃうよ」

と、言う。

2

目を開けると、まん前に懐かしい顔があった。両端が下がった八の字眉と、長い顎。

「あっ、目、覚めましたか」

大きな前歯がにゅっと出た。

「……啓太君」

「よかったあ。このまま帰ろうかと思ってたとこです」

自分がこの世にあることを教えてくれる大きな声。

「ごめんなさいね。なんだかすごく眠れてしまって。十年ぶん寝てる気がする」

はははと朗らかな声があがった。十年ぶんでも二十年ぶんでも寝てください、と言う。

サイドテーブルを見ると、小さな花瓶が一つ増えている。黄色いチューリップが一輪。

「また持ってきてくれたの？」

「美咲が選んだんです。おれはバラにしようって言ったんだけど、そんなダサい花だめだって却下されちゃった。その写真に似合う色と形じゃないといけないんだって」

目で示した先に、菜の花畑の写真がある。その前に、黄色いガーベラが一輪と、黄色のポンポンダリアが一輪と、ハート形のサボテンが一鉢と、新しい黄色のチューリップが一輪。

花はどれも手のひらに載るほどの四角や球形の一輪挿しにいけてある。なにかの記号のようだ。美咲の造形感覚なのだろう。

「あいつもさっきまでいたんだけど、授業があるって帰りました」

さらに隣にデジタル時計。そして、オランウータンのぬいぐるみ。もうテーブルが満杯だ。

デジタル時計の数字は――。

「２０１４／０５／２０」「火曜日」

3

二週間前。

Rの部屋に踏み込んだら、とんでもないことになっていた。

両手を縄でつながれて悲鳴をあげている女の子。Rに首を絞められ、紫色の顔をした啓太。

私は流し台から包丁を抜き取って——。

自分の腹を刺した。渾身の力を込めて。

とたん、目の前がまっ白になった。そこから先は覚えていない。

啓太がおどけて自分の首を両の親指の股で絞める真似をした。

「あいつも怪力だったけど、おれの反射神経も捨てたもんじゃないさね」

私が自分を刺してRがひるんだ隙に、啓太はすかさず落ちていた電気スタンドを拾い、反撃に出たのである。思いきり振りかぶった遠心力が加わって、凶器は敵の頭にみごと命中した。樹脂製の笠が砕け、Rは血まみれになって気絶したそうだ。

「英雄ね、啓太君」

啓太が顎できゅっと応じた。

私は集中治療室で一週間すごし、その後、大部屋に移った。

以来、啓太が毎日お見舞いに来てくれる。美咲も来てくれる。二人が知らせて奈々子も来てくれるようになった。奈々子は幼児のように大泣きしていた。楓ちゃんもおばちゃんもひどい、あたしのことなんてどうでもいいんだとくしゃくしゃになっていた。何カ月も秘密にしていて悪かった。

やさしい子たちだ。交代でミャウと金魚に餌をやりにもいってくれる。

「また元気になったみたいですね」

啓太がうれしそうに言う。

「ええ。もう大丈夫。啓太君こそ、大丈夫？」

啓太は、ほとんどオッケーです、ほら、と首をそらしてみせた。数日前まで赤黒い跡が目立っていたが、ようやく消えたようだ。

あやうくこの子まで死なせるところだった。なにも関係ないのに、巻き込んでしまった。

「許してね」

啓太は両手をぶんぶん振って、とんでもない、と言う。

「おれは平気っす。美咲なんかまったく評価してくれてないもん。坂井さんはすごいってそればっか。でも、ほんとにそうだよ」

「すごくないわよ」

大馬鹿者なだけ。

「それにね」

啓太が胸を張って続けた。

「おれ、地域の１１０番めざしてますから、当然なんです。市民を助けなきゃ。それよりおれも親父もいなくて坂井さんに恐い思いをさせて……あっ」

ベッドサイドの名札をちら、と見た。

「間違った、藤井さんでした。恐い思いをさせてすみませんでした」

ぺこりと頭を下げた。

そう。私はもう坂井晶子ではない。藤井晶子に戻った。

「藤井さん」

改めて啓太に呼びかけられた。

「はい」

迷うように一瞬唇が結ばれ、ふたたび開かれた。

「あいつ、引っ越してったみたいです。さっき玄関のところ見たら、洗濯機がなくなってて、ドアノブに電気水道のお知らせの袋が下がってました」

真剣なまなざしだった。

——ああ。

——そうなのだ。

古いコーポのベランダにぶら下がっていた洗濯物たち。カーテンの隙間の雲形の明かり。毎日見つめつづけた不可解な部屋。あの監視の日々はもうないのだ。

——終わったのか。

なんなのだろう、この気持ちは。安堵ではない。怒りでもない。虚脱感。いや、一種の寂寞《せきばく》。

なんと言うべきかわからず、多少ずれた応答をした。

「ごめんなさいね、お店たいへんじゃないですか。私のせいでバイト減っちゃって」

「いやあ、いいですよ」

啓太がまた手を振る。

「あんなやつ、辞めてもらったほうがよかったもん。どのみちまともに働く気なんかなかったもん。もしまじめにやる気だったら、近所に住んでる子にあんなことするはずないです。やばくなったら辞めちゃえばいいって考えだったに違いないです。もともと渡り鳥だしね。」そんなやつにおれのだいじな夢を託せるかっつーの。

4

結果から言えば、敵にはただ逃げられただけだった。

Rはなんの罪にも問われなかった。

警察の調べに対して、Rは「見知っている子で、プレゼントをもらったりしていたので、通報するのがかわいそうになりました。家に来るかと訊いたらうんと言ったので、いっしょに帰りました」と答えた。女子高生のほうは、「Rさんが好きだったので、ついていきました」と答えた。

万引きの負い目もあるのだろう。学校に知れたら困るのだろう。その子の両親も、せっかく未遂に終わったものをわざわざ騒ぎ立てて世間から傷ものみたいに見られたら困るという思いのようだった。二人揃ってそのように証言されたら、警察も手の出しようがない。

いま思えば、交番に行くなど初手から口実だったのだ。なにもわからない新入りだと思って、私もよっぽどなめられている。

啓太とRの揉みあいは、ただの喧嘩として処理された。二人の証言を正とするならば、啓太はカップルの合意の上の行為を強姦と早とちりして妨害した無粋者だ。それだけではない。人の家に無理やり踏み込んだ住居侵入罪、加えて、扉を蹴破った建造物損壊罪。一歩間違えたら啓太のほうが重罪になるところだった。おかしい。けれど、そういうことになった。

私はただの自殺未遂ということになった。いや、ただのではない。私も啓太と同じく住居侵入罪、そのうえ、無実の人間を逆恨みしてつけまわした偏執病者。へたをするとそんな話にされかねなかった。二人ともまるで道化である。

なにかおかしい。いつもおかしい。だが、そういうことになった。

人生何度目の受難かな、と啓太が言う。

「こういう目に遭う人間って決まってんですよね。損するやつは損ばっかりする。得するやつは得ばっかりする」

瞳に不満の色があらわににじんでいる。

「ほんとね」

割にあわないという憤怒。なぜだという理不尽。よくわかる。啓太は何度も同じような目に遭っているのだ。またやられたと感じているに違いない。

「お互いに」

と、啓太が言った。

いや、お互いに——は、ちょっと違う。啓太の思いと私の思いは同じではないだろう。私は啓太のように単純には憤っていない。しかし、啓太より何倍も深くえぐられている。啓太にはそこまでわからないのだろう。けれどもなにかを察して、なにも訊かないでいてくれる。なにも訊かないで、代わりに——、

「藤井さんがいないと、なんか店が散らかるんです。ほんと困っちゃう」

とか、

「増田さんが、野菜のもらい手がなくて張りあいがないって言ってました」

とか、

「もしお困りなんだったら、もっとたくさん働いていただいてもいいですよ」

とか、

「おれ、がんばっていい店つくりたいんで、協力してもらえませんか」

とか、そんなことばかり言ってくれる。

もう、終わりにするつもりだった。

でも、まだ終わりじゃないらしい。

5

またカーテンが揺れたと思ったら、野球帽に眼鏡の顔がちら、と覗いた。

「お」

感嘆のような、発見のような声が出た。

「いいか」

無遠慮な男が、ちょっと遠慮している。

「どうぞ」

ガラガラ、とスツールを引き寄せる。

「だいぶ、よさそうじゃない」

ニッと笑った。

明るいところで見ると、新しい人みたいな気がする。思ったよりも若い。思ったよりも目に光がある。気がつかなかった。いつも薄暗い場所で会っていたせいだろうか。

「いま、入口でコンビニの息子とすれ違った」

「啓太君？」

「うん」

「ほとんど毎日来てくれるのよ」

いい子だな――と、辻が言う。

「あんたの意識が戻るのを待ってるとき、ずいぶん話した」

「ええ」

啓太もそう言っていた。

「自分が代わりにやりゃよかったって。そうとうくやしがってた」

やっぱり――と思う。面と向かっては言わないが、心の中では怒り狂っているのだ。

「正義漢なのよ」

「おれだってそう思う。かたきとる絶好の場面だったじゃないか」

言うと思った。

「なんでやらなかった」

なんでって――。

「あれだったら間違いなく正当防衛、いけたのに」

「だからよ」

そう。だからだ。いまだったら自分は無傷ですむなんて、そんな場面に便乗するのは卑怯ではないか。

「そういうのはいやなの。やるんだったら、ちゃんと刺し違える決意でやります」

辻が呆《あき》れた顔をする。

「それは見上げた根性だが、あんなやつ生かしといたって社会のためにならねえよ。あいうのはやっていいんだ。あいつは取り返しのつかないことになるまでわかんないやつなんだ。取り返しのつかないことになってもわかんないやつなんだ」

遠慮も情けもない。

「でも、それをやったら、こっちもおんなじ汚い土俵に落ちるでしょう。そんなことのために、私、がんばってきたんじゃないもの」

私は間違ったことはいやなのだ。それで煙たがられる女なのだ。まわりをしらけさせる女なのだ。いまさら宗旨《しゆうし》替えしてどうする。

「辻さんだって言ったじゃない。ムショに行く覚悟があるならやれって。そのとおりです。覚悟してやって、ムショに行きます」

「言ったけど」

辻がまた呆れたように見る。

「だからって自分をやることない。おれ責任感じたわ。生きた心地がしなかったわ」

飲みもの買ってくる、と席を立った。

そういう思いもあったのかと、初めて気がついた。

6

左手のほうから、かすかにテレビの音がする。

一つの空きベッドの向こうの人だ。西村さんという。色白で、灰色混じりの髪を一本のみつあみに編んでいる。六十歳くらいの上品な女性である。ピンク色の濃淡で揃えたパジャマとカーディガンがよく似合う。そのおしゃれな姿を見るたびに、病院から借りたうわっぱりみたいなものを着たきりの自分が恥ずかしくなる。

一日おきくらいに娘さんと思しき女性とお孫さんらしき女の子が来る。長く入院しているようだ。が、外から見ただけではどこが悪いのかわからない。けっきょく誰もが患いは内側にある。

戻ってきた辻がスツールにどしんと座り、股の間の座面を引き寄せ、「で——」と、話の続きを始めた。

「なんで」

　ペットボトルの緑茶を一口ぐっと飲んだ。

「自分をやった」

　ちょっと、おかしかった。

「辻さんが、それを訊くの」

　上目に返した。

「どうして」

「だって、こういうことの理由を問うのはいみないんでしょ。こういうことは、それ以外にぜったいに道はないってくらいぎりぎりに気持ちが切羽つまったときにやるんでしょ。こんなことまでするかってまわりが驚くくらいのことをやるんでしょ。辻さん、前に言ったじゃない」

「あ」

　自分で言っておいて忘れている。

「だけど、ほんとにそのとおりかもしれません。私も説明できないもの。ほかに方法がなかった。それしかなかった。いえ、それしかないと思って橋から飛び降りた楓子の気持ちが乗りうつったのかも。いまだ、やれって」

　神妙な顔がこちらを見ている。

「Rを殺しても楓子は帰ってこないとか、もうあきらめて死んでしまおうとか、そういうことじゃないの。よくわからない。けど、少なくとも――」

「この男に仕返しするのは、楓子の望んでることではないって。あの瞬間」

「思ったのか」

「ええ」

「なぜ」

「だって、それは楓子自身がやらなかったことじゃないですか」

ああ……、と小さな唸りのような声が出た。

「あの子は言いたいことは言うんです。やりたいことはやるんです。なのに、やらなかったじゃないですか。仕返しなんかしなくて、Rの名前すら出さなくて、一人で終わらせたじゃないですか。ってことは、それが楓子の選択だったのよ」

ああ……、とまた唸りが出た。

弱かったからではない。負けたのだとも思わない。むしろ、なにかを貫き通そうとした。もしかしたら、相手のなにかを守ろうとしたのかもしれない。違うかもしれない。そうかもしれない。そんなぜんぶをひっくるめて、楓子が選んだ道。そう考えてもいいではないか。

「私もずっとあの子の涙をぬぐってやらなきゃ、あの子ができなかったことを代わりにしてやらなきゃって一途に思ってたんだけど」

「違ってたか」

うなずいた。

菜の花畑の写真に、目がいく。

黄色い花の中で笑っている私の娘。弾けるような命の塊。

「辻さんだって、言ったじゃないですか」

「え」

「お嬢さんはかたきをとってくれとは思ってないって」

「そうだっけ」

それも忘れている。

サイドテーブルの引き出しを目でさし、「その中に楓子のスマホがあるの。取ってくれる？」と、頼んだ。

「これ？」

四角い電子機器を受け取って、「写真」のアイコンをタップする。

最後のあたりは去年のお正月のころの写真だ。動物園の動物たち、高幡不動の初詣、おせち料理。そこから先は前年になって、テニス部の忘年会、ボランティアの忘年会。

その前に――、楓子自身が写っている写真が一枚ある。

奈々子が「別人みたい」と言った、あの一枚だ。

やや上目づかいに、はにかんだような表情でこちらを見つめている。瞳がきらきら輝いていて、頰がぽっと上気してばら色だ。美人じゃない楓子がこんなにかわいい。Rのベッドの薄いグリーンのカバーの前で――。

「これ、Rが撮ったのよ。南千住のRの部屋で」

辻が画面を凝視している。

「そこの写真と、顔がぜんぜん違うでしょう」

サイドテーブルの菜の花の写真を目でうながす。

「楓子はね、Rのことがとっても好きだったのよ。あんな男だけど、ものすごく好きだったの。だからなんにも言わないで死んだんでしょう。だったらもう」

そう。だったらもう――。

「あばいちゃだめ」

真冬の凍るように冷たい川で、楓子は死んだ。ぞっとするような黒い水底に引きずり込まれて。けれどもその死に顔は、ちっとも苦しそうでなかった。眠っているだけのようだった。であるならば、その顔をただ信ずるがよいじゃないか。

霊安室に横たわっていた楓子のからだ。驚くほど白く豊かに満ちていた。なにも知らない幼稚な子供だと思っていたのに、いつの間にかあんなにも成熟して、あんなにもきれいになって。それは、なぜか？

腹立たしいけれど、それもたぶん――。

Rのせい。

恋をしている女の子の、輝くような瞳。雲を踏んで、ふわり、ふわり、と夢見心地の。それが一転、下界に墜落して木端微塵《こっぱみじん》に砕け散る。

「赤ちゃんのことだってね。楓子はうれしかったんじゃないかといまは思う。好きな人の子って、なんともいえずうれしいのよ。けっきょくは生めないかもしれないとうすうすわかっていても、おなかの中にいてくれるうちは、ほんのりと幸せ。だから、あのお正月もちょっと考え込んでるところはあったけど、暗くはなかったもの。逆に、もしかしたらこれで相手と結ばれることになるかもって淡い期待すらあったのかもしれない。じっさいにはとんでもなくて、まったく正反対で、あんなひどいことになってしまったけれど、それを甘いと言って笑わば笑えよ」

高く夢見ていたぶんだけ、落下の損壊が激甚《げきじん》になる。不器用で、不恰好《ぶかっこう》で、このうえなく痛くて、たまらなく恥ずかしい――。

そんな最悪の恋もあるんだろう。

いまどき失恋なんて、と人は言うか。

ある。どうしようもないのが。

私だって。

楓子と同じ年のとき、修司を好きになった。ハンサムで、背が高くて、おもしろくて、楽しかった。誠意がなくて、調子がよくて、くだらない男だった。大失敗だった。大怪我した。最低の男。

では、その最低のくだらない男を、いま私は心から憎んでいるか。

スマホの画面を消した。

「でも、どこまでわかったのかしらね。けっきょくなにもわかってないのかも」

辻がそうだな、と言う。

「真相はいつもわからないところにあるのさ」

「ええ」

人が心の奥にかたく秘めていること。それがきっと人にとっていちばんだいじなことだもの。

「だからもう、あの子をまるごと、ぜんぶ受け止めるだけ」

辻が一呼吸おいて、「じつは――」と、かばんから茶封筒を二つ取り出した。

「いまさらだけど、じゃっかんあがってることがあるんだ」

殊勝な顔でこちらを見た。

「失踪したというRの父親ね。やつのじつの父親じゃなくて、母親にほかに恋人がいたようだ。美術の仲間でハーフとかクォーターとかいう。Rの父親が妻と子を虐待してたってのも、たぶんそのせいだ。だから母親は息子をかばって溺愛したんだろう。好きな男にそっくりだったんじゃない？」

「父親、見つかったんですか」

「いや、見つからない」

もう一つは、Rの秋葉原の仲間の証言だそうだった。

「前にちょっと言ったよね。前科のあるハッカーのこと。そいつをひそかに攻めたら、事件のころRとつきあってたっていうプログラマーに行きついた。で、少し話を聞いた」

封筒を持ちあげた。

「でも、もういいか。けりはついたし」

こちらに差し出そうとした手を引っ込めた。

「ええ」

もういい。もう終わり。これ以上なにを知ろうというの。

「じゃストップだ。ストップって言わないといつまでもやるぞ。金いくらあっても足りねえぞ」

ほんとである。一千万円なんてすぐだ。

辻が口の端でちょっと笑った。そして、真顔になった。

「Rを許したのか」

「いいえ」

「そうか」

目を交ぜあった。

7

右のほうにふと人の気配がして、カーテンが少し揺れた。

「おばあちゃん」

かわいい声がした。隣の西村さんのベッドに孫が来たようだ。「まあまあ」とよろこぶ声がする。なんとなく耳を立て、会話がとぎれた。

ふたたび目が合ったら、

「かくして悪人は野放しになる――だな」

珍しく率直にくやしそうな辻の顔だった。

野放し――。

が、次の瞬間小さく伸びをして、両手を頭の後ろで組んで、

「でも、ま、いいか。あんたの価値ある勝ちだ」

と、笑った。

――え……、Rじゃなくて？

「どうして、私の」

「逃げられたともいうけど、逃げ出したともいえるんじゃない？　いや、あいつも恐かったと思うよ。もしかすると、生まれて初めて恐怖ってものを味わったかもしれない。この人を見よだ。大迫力だ。楓ちゃんのおふくろさん」

思わず、吹き出した。

「そんなこと思うかしら。あのRが」

「だって、みごとな刺し方だぜ。こういうときって、ふつうぐじゃぐじゃの傷になるんだ。一気に刺す勇気がないからね。で、出血多量で死ぬ。でもあんたのはぴったり包丁の幅で、腸の間をスパーッと貫通してたって。ほんもののヤクザ並みだ。スカウトが来る」

褒められているのか、ひやかされているのか。

「バカにして」

「違うよ。尊敬してんだ。おれがこの世でいちばん好きなのは勇気だ」

いつか聞いたせりふを、また言った。

「さっきあんた、自分を刺した瞬間、橋から飛んだお嬢さんの気持ちが乗りうつったって言ったね。そうじゃない。反対だよ。お嬢さんのほうがあんたに似た」

「そう……かしら」

「そうだよ。そっくりだ」

褒められているようだ。

「泣くなよ」

筋ばった長い指がティッシュの箱から三、四枚、すばやくペーパーを引き抜いた。

「ほら」

しかして四カ月間の相棒は顔を改め、「では帰るか」と立ちあがった。足元のかばんを拾いながら、手に持っている二つの封筒を目でさし、「これの金はもういい」と言った。

下から見上げたら、急に相手が大きく見えた。

「それは悪いわ。せっかく努力してもらったのに」

「いいよ。いまどき値切ることもぜんぜんご存じない純情可憐な依頼人様だ。あんまり儲けさせてもらっちゃ悪い。一つくらい負けよう」

あんがいいい人だったのかと、初めて思った。

「いろいろ、ありがとうございました」

お礼を言った。じっさいこの人のおかげだ。私一人ではなにもできなかった。

「あんたがストップなら、週刊誌に売るか、ノンフィクションの書き手に売るか。ま、だいじにとっとくよ。どうせあいつはまたやる。そのうち令状が出て家宅捜索なんてことになったら、やばいものが出てくる可能性あるよ。注意して見とくわ。それに、あいつもじき二十歳だ。もう簡単には逃げられない」

「またやるかしら」

「やるさ。あいつ自身がエンドレスのクソゲーだ。今回のことだって、たぶんやつには微妙なバッドエンドの一つにすぎない。あれ？　って首かしげてやり直すよ」

ニヤッとした。

そして、じゃ、と帽子のつばを少し下げると、指のついででちょっと敬礼した。

「また来る」

「え？　でももう」

「金はもういい」

「え？」

「早くよくなれ」

「え？」

「おれ、ひとり者だよ」

——あら。

おかしかった。

もう、終わりのつもりだった。

でも、まだ終わりじゃないらしい。

独身の探偵はカーテンを開けて出ていこうとし、「あ、忘れてた——」と振り返り、かばんの底から小さなコンビニ袋を取り出した。

「啓太君に渡してくれってさっき頼まれてたんだった。あんたの部屋の段ボールの中で見つけたって」

枕元に置いた。

「神様もまだ呼ばないっておっしゃってる。生きろよ」

8

病室を出た辻の目に、廊下のベンチに座ってゲーム機に没入している青年の姿が映った。

かたわらに立ち止まって小脇に挟んでいた未報告の封筒をかばんに戻していると、視線を感じたのか、青年がぬるりと顔を上げた。

――あ……、あのプログラマーに似ている。

一週間前に話を聞いたときの光景がよみがえった。

9

それは見るからに冴えない、小柄で太り気味の青年だった。小さな目はきょときょとして落ちつかず、唇は不安げによく動いた。

――じゃ君は、あの日R君に呼ばれて、R君の家に行ったわけだね？

ええ。前の日にね、明日女の子紹介するから来いよって言われてたんです。で、その日メール来たから行ってみたら、ベッドの柵にまっ裸の女の子が縛られてた。口ん中に布みたいなものが突っ込んであって、えっ、これ、やばいんじゃない？　まじかよ、本物かよ、って、すげーびっくりした。女の子、おれのこともすごい睨んでた。Rじゃなくて、おれを睨むの。なんでだよ、と思った。脚のほうがこっち向いてて、うわーと思った。見るからに終わったあとだよ。たらってなってて、めちゃくちゃ生々しかった。

そしたら、「やっていいよ」って、やつが言う。

きれいだったですよ。きれいなからだだなあと思って、むらっとした。で、進みかけたんだけど、この子やつの彼女じゃないの？　と思ったんで、「いいの？」って訊き返したら、やつ、あの顔でにこっとして、「もういい」って言うんですね。「いい」じゃなくて、「もういい」って言った。おれ、ゾッとした。

で、Rがそう言ったとたん、女の子の顔がみるみるまっ青になった。血の気が引くってこういうことなんだなと思った。

おれが唖然としてたら、あいつ机のほうにごそごそなにかしにいって、引き出しとか探って、「あった」って。なにかと思ったら、はいって、ゴム一個渡してくれた。

んで、

「汚れるよ」

って言ったんです。

そしたら女の子、かすれるみたいな、悲鳴みたいな、声にならない声あげて、ひぃーって泣いた。ぼろぼろ、ぼろぼろ、おっきい涙の粒が流れるのが見えたです。口に詰めものしたまま、ものすごく泣いた。むっちゃかわいそうだったです。

ええ？　やったかですか。やんないですよ。やるわけないじゃないですか。できないよ。おれ、そんな鬼畜じゃないよ。まともですよ。エロゲーとかつくってるけど、だからってほんとにそういうことしてるわけじゃない。みんなそうですよ。妄想してるだけだよ。ほんとにやらないわ。できないよ。相手もいないしね。凌辱《りょうじょく》されて堕ちてく女なんて、ないない。調教なんてされない。歪んだキモ男の願望だよ。でもま、Rだったら相手ほんとに堕ちるかしんないけど。

でね、「R、おれできない」って言ったんです。そしたら、やつ、ふーんって。じゃ、いいよって。ふつうに。いつもの顔して。

彼女なんにも言わないで、下向いて服着て、帰っていきました。

Rってねえ。不気味なやつなんですよ。わけわかんない。なに考えてんだか。

そのあと、おれ、「汚れるよ」の意味考えたんですね。最初は、自分が終わったあとだから汚れるよってことだろうと思った。でも、ああ、そうじゃなかったんだってハッと気がついた。この子汚れてるから、おまえ、汚れないようにしなって意味だったんじゃないかな。その子もそう言われたから泣いたんじゃないかな。またゾーッとした。

夜、Rからメール来ました。「彼女死んだ。なにも言わないで」って。おれ、ああーと思った。そうなるよ。まじめそうな子だった。しゃれですまないよ。そういうことしちゃいけない子だよ。

すげー恐かったです。おれも罪になんのかなあって。おれ助けたほうだと思うけどなあって。じっさい、縄ほどいてあげたのおれだしね。でもその証明もできないよなあとか。真剣に考えました。緊張しまくったです。

警察？　いっぺん来ました。R知ってるかって。いや、なんも言わないですよ。言わない言わない。Rは知ってるけど、女の子のことは知りませんって。だって、ほんとに知らない子だし。

それから気味が悪くなって、Rとはぜんぜんつきあってないです。

あ――、そういえば、あいつたいして絵うまくないんだけど、妙にグロいのがね、うまかったりしたですよ。部分をね、リアルに描けるの。なかなか描けないすよ、あれ。なんでかなあと思ってたんだけど、いろいろ実物を知ってたってことですかね。

え？　Rのそれがレイプだったかどうかですか。

いや――、違うんじゃないかな。

どうして、って、だって部屋きれいだったですもん。ふつう、ひっくり返したり、壊したり、めちゃくちゃになるんじゃない？　そういうシーンおれ目撃したことないから想像だけど。もしレイプだと思ったら、さすがに警察に言ったかもしれない。

彼女の服も、椅子の背にちゃんとかけてあったと思いました。ジーンズとか、セーターとか。襲われたって感じじゃなかった。

でも、いや、どうなんだろう。わかんないです。

10

「どうにもならない――こともあるな」

探偵は踊り場で一瞬立ち止まり、口の中でつぶやいた。

そして、小さく首を振って、無人の階段を駆け降りた。

11

またカーテンが揺れたと思ったら、つぶらな瞳がぱちぱちっとまたたいた。

「あら」

西村さんのところの女の子だ。今日三人目のお客さん。

カーテンの端をつかんで、顔だけ斜めに覗かせている。前髪をリボンで結って、ほわほわのおくれ毛がおでこにたくさん。黙って唇をうっと結んでいる。照れ屋さんなのかな。

「どうぞ、いらっしゃい」

手招きすると寄ってきて、小さな指で私のふところをさし、にこっとした。

ああ、オランウータンの赤ちゃん。啓太が私の部屋で見つけて、辻に託してくれたうれしいお見舞い。

「これ？　あのね、そこにお母さんのお猿さんのぬいぐるみがあるでしょう。取ってくれる？　お花倒さないように気をつけてね」

「うん」

テーブルの上に向かって伸びをする。

「はい」

リボンの髪を撫でて、お礼を言った。

「ありがとう」

「こうやってね――」

お母さん猿の長い腕を開いて、丸いおなかのところに赤ちゃん猿を乗っけて、両の手のひらのマジックテープで留めた。

「抱っこするのよ」

とたん、わあーと、歓声があがった。

「いいなあ」

――あ。

――楓子。

「いいなあ」と言って、じっと檻《おり》の向こうの親子を見つめていた。

ミュージアムショップで、「お母さんこれ買おうよ」と抱きしめて、こちらを向いた。

「楓子、おとうとがいい！」と、最高の笑顔になった。

「赤ちゃん、赤ちゃん、早く出ておいで」と、私のおなかに耳をつけた。

手の中の猿の親子がぼ[illegible]んだ。

女の子が、[illegible]込んでいる。

「どうしたの？」

「な[illegible]泣いてるの？」

「なんでもないのよ」

「痛いの？」

「ううん」

親子のぬいぐるみの顔のほうを、くるっと返して見せた。

「欲しい？　あげましょうか」

とたん、わあーという歓声がまたあがった。まん丸のほっぺがよろこびで満杯になっている。

間抜けな顔をしたオランウータン。大きいのと、小さいのと、そっくりな親子。

さっき辻に――。

「そっくりだ」と言われた。

そのとおり。

昔、楓子は三度も死にかけて、そのたびに私はいっしょに死のうと思った。こんな幼い子をたった一人であの世へなど行かせられない。

——大丈夫よ、楓ちゃん。

——さびしくないからね。

——お母さんもいっしょに行く。

そう言うと、楓子は怒った顔をした。

「馬鹿ね、お母さんが死ぬことない」

だけど、馬鹿なのは楓子なのだった。おんなじことを考えて。楓子だって死ぬことなどなかったのに。

さっき辻に——。

「なんでやらなかった」と問われた。

いいえ。やった。刺し殺した。楓子がキンキンに研いだ包丁で、私の中の憎いRを。

私と楓子の二十年の輝くような思い出に。

汚いものはなにもいらない。

やっと元に戻れた。楓子と二人の静かな暮らし。もう誰にもさわらせない。


「みいちゃん」

という静かな声がして、西村さんのピンクのパジャマがカーテンから覗いた。スツールに座ってぬいぐるみと遊んでいる孫の姿を認めるや、「まあ、お邪魔して。すみません」と謝った。

西村さんはめっという顔を孫に向け、

「こっちへいらっしゃい。お猿さんはおばちゃまにお返ししてね」

みいちゃんの顔が悲しそうに歪んだ。

「いいえ、いいえ」

と、制した。

「それは、私がさしあげたんです」

西村さんが驚いて、「たいせつなものじゃないんですか」と眉を寄せた。

——いいえ、いいえ。

——私も、娘も、失敗したんです。

——だから、みいちゃんにもらってほしいんです。

「だいじにしてね」

みいちゃんにお願いした。

「うん」

小さな請負人《うけおいにん》はまじめな顔をして深ぶかとうなずいた。

なんて素直なんだろう。

「みいちゃんは、いくつなの？」

「みっつ！」

勢いよく三本の指を立て、手の甲のほうで示した。

「そう。大きいのね」

なんてかわいいんだろう。

かわいい爪。かわいい指。

これからあと二十年もしたら、あなたのその小さな指も白く長くすらりとのびて、すてきな大人になる。すてきな恋をする。すてきなお母さんになる。そのお猿さんみたいなかわいいお母さんと赤ちゃんに。

——どうかなってね、お願いします。

西村さんがサイドテーブルの写真に気づいて、まあ、と言った。

「お嬢さんですか？」

「ええ」

「そっくりなんですね。いい写真」

手に取った。

——そうなんです。

——そっくりなんです。
——二人とも思いきり一徹なのです。
——ひと思いにやるのです。
黄色い花畑の中で私の肩をぐるっと抱いて、「馬鹿ね、お母さん」と言っている。
違うわよ。
馬鹿ね、楓子。

13

西村さんから、写真を返された。
——楓ちゃん。
指先で顔を撫でた。
いままでお母さんは、楓ちゃんの中にお母さんの人生があると思ってた。
楓ちゃんが死んだら、お母さんの人生も終わりだと思ってた。
でも、間違ってた。さかさまだった。
お母さんの中に、楓ちゃんの人生があるのね。
まだ終わりじゃない。

——楓子。

——お母さんの中で生きなさい。

「早く元気にならなきゃね。お嬢さん、待ってるんでしょう」

西村さんがみいちゃんの肩を抱いて、ほほえんだ。

「ええ」

ほほえみ返した。

——虹のたもとで。

自分の心にうなずいた。

解　説

吉田伸子

物語の冒頭、はっと胸を突かれるシーンがある。川に身を投げ、自ら命を絶った最愛の娘の亡骸《なきがら》を目にした主人公・晶子は、思わず遺体を覆っていた布を剝ぎ取ってしまう。あらわになったその身体を目にした晶子は思う。

「びっくりするほど美しい裸体だった」

実はこれは晶子の記憶違いで、晶子は娘の裸体を見てはいない。実際には、娘、楓子の遺体は丈の短い手術着のようなものを着ていたのだ。けれど、間違った記憶の中であれ、楓子の身体は、晶子にとっては「びっくりするほど美《いと》し」かったのである。

この一行が素晴らしいのは、そこに、娘に対する愛おしさと、母親としての哀しみに加え、いくばくかの誇らしさまでもがこめられているからだ。どんなに晶子が、娘を慈しんできたのかが、どんなに晶子にとって、楓子が特別な存在だったのかがわかるからだ。だからこそ、そんな最愛の存在を喪《うしな》ってしまった晶子の哀切さが、痛いほど伝わってくる。

では、どうしてそのような記憶のすり替えが行われたのかというと、楓子の遺体に残された「痕」のせいだった。楓子の身体には、両手首と片足首に「細い縄で縛ったような筋」があった、と刑事に告げられたことで、晶子の頭の中で、裸体がイメージされたからだ。その言葉で、「心臓を直接、わしづかみにされた」晶子に、刑事はさらに追い討ちをかける。

「膣内に精液が残留していました。ごく軽微ですが、外陰部に裂傷も」

では、楓子は強姦されて殺されたのではないか。そうだ、きっとそうに違いない。けれど、刑事は淡々と事実を告げる。自殺であることは、おそらく間違いないのだ、と。お嬢さんが川に飛び込まれるところを見た人が何人もいるのだ、と。

だとしたら、どうして。何故《なぜ》、楓子は何も言わず、遺書さえ残さず、二十年間の人生の幕を、突然下ろしてしまったのか。

まだ結婚していた時、無言電話の嫌がらせを続けていたのが、夫の愛人だったことがわかり、ショックで第二子を流産。それが晶子にとって、離婚の引き金だった。外面だけは良い夫は、最初は離婚を渋ったものの、晶子が翻意しないとわかり、猫なで声で楓子に選択を迫る。自分か、それとも晶子か。自分の肩に置かれた手を汚いもののように払いのけた楓子は、言う。「さわらないで」と。「楓子はお母さんと暮らす」

そう楓子が言ってくれた時、どんなに嬉《うれ》しく感じたことか。十年前のその一言を、昨日のことのように覚えているのに。何故、楓子は自分を置いて、逝ってしまったのか。母一人、子一人の十年間は、「それ以前の三倍くらいの感じ」で過ぎていく、濃密で幸福な時間だったのに。仕事をしながら子育てする晶子を気遣ってか、「すばらしくいい子だった」楓子。楓子の思い出の一つ一つが、晶子に絡みついてくるほどに、晶子の頭の中は、〝何故〟〝どうして〟でいっぱいになっていく。

物語は、現在の晶子がパートで働く、コンビニでのある一日を挿入しつつ、晶子が楓子の死の真相に近づいて行く過程を、章立てで描いていく。

楓子が、同じコンビニのアルバイトで、十八歳のRと付き合っていたことは、楓子の死からほどなくわかっていた。さらに、自殺の数時間前、楓子からRに発したスマートフォンのＬＩＮＥが残っていたことから、楓子が自殺前にRと会っていたこともわかった。警察に楓子の死を告げられた時、Rはしばしの沈黙の後、こう語ったという。亡くなる前に自分の家で会ったこと、縛ったのは自分で、それは強姦ではなく、時々やっていたこと、楓子のお腹の子――検死の尿検査で、楓子が妊娠していたことが判明していた――は自分の子だと思う、自殺の理由については、わからない、悩んでいることがあったのなら、相談してほしかった、と。

楓子が川に身を投げた時間からして、Rの家から自分の家には戻らず、そのまま橋の方へ行ったと考えられることからも、Rの家での出来事が楓子の死に関わっていることは明白であるのに、楓子の死自体には「事件性はない」ため、Rに〝罪〟はない。けれど、そのことをどう納得しろというのか。掌中の珠のような、愛おしい我が子を死に追いやるようなことをしたのは、Rに違いないというのに。

やり場のない想いは絶望に変わり、晶子は楓子の死後、生きる屍《しかばね》のようにして過ごして来たのだが、楓子の一周忌の法事の席で元夫から投げつけられた言葉をきっかけに、憑《つ》き物《もの》が落ちたように、我に返る。楓子が死んだのならば、私も死んでいいのだ。楓子のいないこの世に未練はない。ならば、自分はやるべきことをやって、死のう。やるべきこととは、「楓子の死の真相を知る。それただ一つ」。

やがて、晶子は一人の探偵に行き着く。辻というその探偵に、晶子は言う。「お金はいくらでも出します。ほんとのことが知りたいんです。お願い助けて！」

やがて、辻が突き止めたRの所在とアルバイト先を元に、晶子はRの部屋を監視できるマンションに引っ越し、Rと同じバイト先のコンビニで働き始める——。

周防さんのうまさが光るのは、Rというキャラの描き方にある。これが、読んでいて、実に実にぞわりと不気味なのだ。容姿だけをとれば、思わず見惚《みと》れてしまうほどの美男子、という設定が、その不気味さに拍車をかける。

加えて、晶子と辻を、依頼人と探偵という関係から一歩踏み込ませ、二人に身体の関係を持たせたことも絶妙だ。晶子と辻との間に、ゆっくりとドラマが派生していくあたりも巧い。

この辻がね、いいんです。多分、世の中の綺麗《きれい》な水も汚い水も併《あわ》せ呑《の》んで生きて来たであろう男が持つ色気が、辻にはあるのだ。「お嬢さんはあんたにかたきをとってくれとは、たぶん思ってないよ」という辻の言葉に「だったら、辻さんが調べる意味もないじゃありませんか」と晶子は返す。辻は、そうじゃない、と否定する。Rを追及することが、晶子の生きる力になってる、と。「あんたは勇気がある。おれがこの世でいちばん好きなのは勇気だ」と。

この、「いちばん好きなのは勇気だ」という辻の言葉が、物語の中でもう一度出てくる場面があるのだが、そこは本当にたまらない。物語全体のトーンはアンダーなのに、そのシーンにはほんのりと光が差している。

Rと同じコンビニで働き、Rの監視――同時に、隙あらばRに毒を盛ろうという計画も立てつつ――をする晶子に、やがて、願ってもない機会が訪れる。文字通り、Rの息の根を止めることが出来るチャンスが到来するのだ。今なら、Rの命をこの手で奪える、憎んでも憎んでも、憎みきれない娘の仇《かたき》をとることができる、という千載一遇のその時が訪れる。折しも、Rの部屋にあった包丁は、楓子が研いだもの――瞬時にそれがわかってしまった晶子の切なさに胸が痛くなる――だった。

ここから先の展開は、ぜひ実際に本書を読んでほしい。ある種の人格異常者のような

Rだけれど、Rと楓子の関係を、捕食者とその獲物、というような一方的な関係としてではなく、たとえそれがRの策略だったとしても、それが仮初めのものであったとしても、そこには〝恋〟があったのだ、という描き方、相手がどうであれ、恋をしている娘の輝きは否定できない、というその描き方に、作家としての周防さんの力がある、と私は思う。

そしてそれは、罪と罰、そして赦《ゆる》しとは何か、という本書の底を流れるテーマを支えるものでもある。そう、本書は、娘の命を奪われた母親の復讐譚《ふくしゆうたん》ではなく、娘の命を奪われた母親の再生の物語なのだ。そこが素晴らしい。

濡れた犬をさらに叩《たた》くことを良しとするような風潮や、不用意な失言をことさらに槍《やり》玉《だま》に挙げ、当事者を貶《おとし》めることを〝正義〟だと勘違いしている〝善意〟の人々……。うんざりするような世の中の流れに、本書は静かに反旗を翻している一冊だ。物語のラストの力強さに、そこに差す一条の光の気高さに、読後しばし浸られたい。

（よしだ・のぶこ　文芸評論家）

本書は、二〇一五年三月、集英社より刊行されました。

初出
集英社WEB文芸「レンザブロー」二〇一四年一〇月～二〇一五年二月

＊この作品はフィクションであり、実在の個人・団体とは一切関係ありません。

集英社文庫

虹《にじ》

2018年3月25日　第1刷　　定価はカバーに表示してあります。

著　者　周防《すおう》　柳《やなぎ》

発行者　村田登志江

発行所　株式会社　集英社
東京都千代田区一ツ橋2-5-10　〒101-8050
電話　【編集部】03-3230-6095
【読者係】03-3230-6080
【販売部】03-3230-6393（書店専用）

印　刷　凸版印刷株式会社

製　本　凸版印刷株式会社

フォーマットデザイン　アリヤマデザインストア　　マークデザイン　居山浩二

ISBN978-4-08-745712-4 C0193